# 萌物便利店

草莓多 著

天津出版传媒集团

天津人民出版社

U0631987

**图书在版编目（ＣＩＰ）数据**

萌物便利店 / 草莓多著. —— 天津 : 天津人民出版
社, 2018.9
 ISBN 978-7-201-13776-6

Ⅰ.①萌… Ⅱ.①草… Ⅲ.①长篇小说 – 中国 – 当代
Ⅳ.①I247.5

中国版本图书馆CIP数据核字(2018)第174450号

## 萌物便利店
MENG WU BIAN LI DIAN

出　　版　天津人民出版社
出 版 人　黄　沛
地　　址　天津市和平区西康路35号康岳大厦
邮政编码　300051
邮购电话　（022）23332469
网　　址　http://www.tjrmcbs.com
电子信箱　tjrmcbs@126.com

责任编辑　玮丽斯
策划编辑　彭朝阳
装帧设计　杨思慧

制版印刷　湖南凌宇纸品有限公司
经　　销　新华书店
开　　本　880×1230毫米　1/32
印　　张　9
字　　数　179千字
版权印次　2018年9月第1版　2018年9月第1次印刷
定　　价　28.00元

# 目 录

# 楔 子

你知道萌物便利店吗？

1

"红橙黄绿青蓝紫，do re mi fa so la si——七种颜色共同出现在雨后，七种音符共同跳跃在耳边……"

白皙的手指控制着操控台，将欢快的背景音乐渐渐调小，甜美的嗓音顺着话筒缓缓流出，回荡在傍晚的校园内，回荡在电台收听者的耳机中，带着独有的魅力，让人心情舒畅。

"大家好，感谢大家收听每周一、三、五晚六点准时为大家播出的'圣亚故事汇'，我是今天的主播——白果儿。"

粉嘟嘟的唇勾起一道可爱的弧度，虽然白果儿只是一个人对着话筒说话，她却好像可以看到无数听众一样，黑溜溜的圆眼睛闪烁着神动人的光芒。

"今天为大家带来的故事，是关于最近超火爆的萌物便利店。投稿者，二年七班，幕韩——"说到这，粉嘟嘟的嘴角忍不住一撇，像是有点无奈，不过短短几秒就恢复了原样，甜美而不黏腻的少女嗓音继续响起来。

"……那是一个宁静的周末清晨，阳光温柔地落下来，倾洒在那条美好的大街上，像是给街道加了层淡淡的滤镜般，令人心旷神怡……"

时间在少女轻缓的朗诵中一分一秒地流逝，半小时的六点档广播时间很快过去。

"这时，她才发现，原来，幸运密码的答案——那个人，一直都在自己身边，从未离开。"

终于，念完了最后一句话，少女浅浅地呼出一口气，放下了手中的稿子。

短暂地调整了半分钟后，那张圆润雪白的娃娃脸上露出一个甜甜的笑，手指再次搭上面前的操控台："好啦，今天的故事就讲到这里，感谢大家收听今天的'圣亚故事汇'，我是主播白果儿，祝大家有个美好的夜晚，我们下次节目再见。"

声落，在关掉话筒键的同时，少女用手指娴熟地将背景音乐的音量调控键推到最高，让欢快的结束曲目清晰地播放出去，等待二十分钟后下一档广播节目的主持人来接手。

搞定了。

伸了个懒腰，身材有些圆润的少女拿起书包，推开广播操控台的玻璃门走了出去。

正巧，外面广播室的门也被推开了。

留着一头齐肩中长发的鹅蛋脸女生眨巴着那双灿如星子的眼睛一蹦一跳扑了进来，脸上尽是兴奋。

"果儿，你广播的时候觉得怎么样？我的稿子写得真好啊！刚刚我自己在外面听得如痴如醉……嘿嘿，最爱你了！就知道虽然你嘴上嫌弃人家，但还是会念人家辛辛苦苦写的稿子。"

"少来。"白果儿毫不客气地翻了个白眼，抬起胳膊给她看："我念得鸡皮疙瘩都起来了！以后再也不要投这种莫名其妙的稿子给我了，不然不要怪我不讲情面，我会把稿子直接丢进碎纸机！"

"好啦，就知道我家果儿最好了，给你一个香吻，爱你。"一双纤细好看的"魔爪"以迅雷不及掩耳之势捎上了那张粉嫩的脸。

无力挣扎，白果儿只能摆出一副冷漠的表情，希望她能自己体会。

可惜，对方并没有体会到，那双"咸猪手"一直在她脸上揉来揉去，杏仁眼笑眯眯的，就像是看到了心爱的娃娃一样。

这个美女叫幕韩，是她最好的朋友，也是托幕韩家的福，白果儿才能和她一起念这所有名的私立贵族学院。

说起来，白果儿一直觉得幕韩这家伙好像是老天的宠儿——拥有一副水灵灵的好皮相也就算了，还是时下最受欢迎的那种氧气美女！又高又瘦，家境优渥，就算是在她们这所美女如云的学校里也是数一数二的美人……不过，如果非要说这家伙有什么缺点，可能就是眼光不太好吧。不知道韩韩是怎么想的，从小身边围着那么多人，却偏偏挑上了她白果儿做朋友，而且一缠就是九年。

"对了！"韩韩一拍脑袋，终于舍得松开自己的"魔爪"："果儿，你快看你的广播帖，萌物便利店的话题快刷爆了。"

"不会吧？"她的广播帖一向冷清，怎么可能被刷爆？白果儿半信半疑地拿起书包，拉着她离开广播室。

"真的！我早就跟你说了，最近热度最高的话题就是萌物便利店了，讨论热度比你想象的还要高！我还能骗你不成？你自己看吧。"韩韩一边紧跟着她往外走，一边打开学院广播帖的页面，不由分说地将手机塞到她的手上。

晚风缓缓拂过，制服裙轻轻在少女的腿侧摆动着，飘出像是波浪一样好看的弧度。

傍晚的余晖落在身上，不经意间让人有种在度假般惬意的错觉。街道两旁的路灯早已亮起来了，偶尔还能看到三两只野猫从街边慢悠悠地走过去。

白果儿和韩韩肩并肩背着书包往外走，从学院走到外面的大街上。

一路上，学生或是行人的视线一如往常地往这边投过来——当然，就只是匆匆从珠圆玉润的她的身上滑过，然后牢牢黏在韩韩那张清丽白皙的脸蛋上。

唉，她早就习惯了。这就是美女和路人甲的差距，谁让她有这样一个光芒万丈的闺蜜呢？照顾了她那么多年，这点小事，白果儿早就习以为常了。

她心无旁骛地低头看手机，但看了没多久，白果儿越来越惊讶。

天哪！她的广播才结束没一会儿，居然已经有超过500条回复了？这可是她从未有过的成绩！

只是，帖子里讨论的内容都是围绕那家萌物便利店的，并没有一条留言是关注她的广播栏目本身。

这是什么情况？她有点哭笑不得。

"走这边，果儿，咱们去逛夜市吃点东西，我饿了。"

"嗯……"白果儿沉浸在论坛的世界里无法自拔。

不管怎么说，总归都是在她栏目帖里面的，也算是她的成绩。

"果儿，都看到了吧？之前就跟你说了，念我的稿子，绝对有助于提升你的收听率！怎么样？要不要我再来几篇？要我说，你就专门围绕这个萌物便利店连续做几期节目，说不准能一举拿下学院广播台人气第一名呢。"

"……才不要，那家店给我冠名费了吗？每期都播的话，我的节目干脆不要叫'圣亚故事汇'，改成'萌物便利店故事汇'吧。"

"还别说，这个主意真不错！"

白果儿无语："想得美。"

走在她身边的氧气美女看着她坚决的样子微微一笑。作为果儿最好的朋友，她一直都知道，果儿有着自己的坚持，对于自己热爱的事情一向勇往直前，不会想着"走捷径"。

正是这份坚持，让她们成了好朋友。在外人眼中，可能觉得果儿能与自己做朋友十分幸运，但实际上，是她这个众人眼中的"公主"在崇拜着果儿。如果可以，她也希望能够像果儿一样，有一个自己的梦想，有一件自己能够为之努力的事情，然后坚持到底，专心做下去。

离夜市距离越近，周围越是热闹，一片人来人往的景象。

韩韩眼疾手快地在别人要撞过来的前一秒拉开她："拜托，果儿，你小心点，别看手机了，注意安全！"

"不怕，这不是有你在吗？"白果儿依旧头也没抬，任由她拉着往前走。

"停，你看这个！"突然，韩韩大声地喊了一句，强行伸来一根手指点开她差点滑过去的一个帖子："'萌物便利店大热门——幸运'！你看看这个，站在这里等我，我去那边买章鱼小丸子。"

　　白果儿点点头。

　　手机屏幕上，那行橘红色加粗加大的醒目标题赫然出现在白果儿的眼前——"你们知道萌物便利店的幸运密码吗？'安利'给你们，拿去不谢。"

　　白果儿被这中二的标题弄得一阵恶寒，耐着性子往下看，一条一条的回复帖正激烈地讨论着神秘的"幸运密码"。

　　"我回来了，你看完没有？"韩韩将一只盛着冒着热气的小吃的纸碗递到她手中。

　　"看完了。"

　　"什么感觉？"

　　白果儿耸肩，如实表达了自己的看法："很幼稚。"

　　"你……"韩韩被噎得语塞，半晌，叹了一口气，"算了，不跟你这笨蛋说了。先吃这个，帮我把手机放回这边口袋。"

　　撇了撇嘴，白果儿听话地把手机塞回去，顺手接过那碗香喷喷的章鱼小丸子。

　　叉了一个丸子送进嘴里，白果儿又想了一下，还是无法克制吐槽的冲动。

　　"幸运密码？一看就是那家便利店为了推广自己搞出来的营销噱头，怎么会有那么多人追捧？不理解……"

"噱头？才不是！萌物便利店每个季度都会放出一次幸运密码，拿到幸运密码的人只要按照提示完成任务，真的就会重新开启自己人生的新一页呢！"

"你看你，说得好像亲身经历了一样。"白果儿不为所动。

"唉！你怎么就是不相信呢？一点儿也不可爱……我要吃你一个小丸子！"

眼看韩韩嘟起嘴就要朝她的小丸子扑过来，白果儿立刻笑着往旁边一躲。

"快走开！才不给你吃我的小……"

"啪——"话没说完，自己已经狠狠撞上了一个人的胸口。

托着的纸碗一个没拿住，结结实实地朝前扣了上去。


2


空气凝固了一瞬间。

白果儿缓缓扭过头，向旁边那无辜的"受害者"看过去——

画着夸张涂鸦的嘻哈T恤，叮叮当当一大堆的尖头挂链，高高大大

的身板以及一张铁青着的、凶神恶煞的大方脸。

白果儿下意识地咽了一口口水，她死定了。

"对……对不起，我不是故意的……"

身边的韩韩明显也被这个意外情况吓着了，小脸一僵，愣头愣脑地拿出一包纸巾小心翼翼地塞到自家闺蜜手里。

顶着"受害者"那几乎喷火的凶狠眼神，白果儿再一次咽了一口口水，声音发颤，怯怯地把那包纸巾递上去："要不，我帮你擦擦吧？"

"你眼瞎了？敢撞我们大哥！一包纸就想把我们打发了？"

突然，后面一个瘦高男生啪的一下打开了她的手，一脸不屑地上下打量着她身上的学院制服："圣亚学院的？"

她被打到的手背火辣辣地疼着，来不及呼痛，白果儿被他吼得身体一抖。

"你们干什么对一个小姑娘动手？不就是弄脏了一件衣服吗？一包纸打发不了你们？那你们想怎样？大不了本小姐赔钱就是了！"韩韩漂亮的脸已经吓得惨白，但还是硬着头皮将白果儿拉到她身后，自己挺身对上了那几个不良少年。

笨蛋韩韩！不过是课余时候在一家武馆学了点三脚猫的功夫，还敢在这种时候替她出头……

"这个小妞长得不错呀，怎么看着那么眼熟？"另一个黄毛少年突然眼前一亮，色眯眯地笑开了花："我想起来了，这妞是圣亚学院排名第二的校花幕韩！南区论坛上排在女神榜第五的那个。"

说着，他就要伸手摸韩韩的头发。

白果儿只觉得浑身的血猛地冲上了头顶，大吼道："住手！你们不许碰她——"

不知道从哪里来的勇气，她拼尽全力伸出手。

"嘶……"周围的人都倒吸了一口冷气。

回过神来的时候，黄毛少年已经猝不及防地被她的凶猛一掌推得跌坐在地上，周围的人都露出难以相信的表情。

白果儿的心凉了半截。这下真的完了……她恐怕是被韩韩影响了，这么冲动……

不知所措之际，她的笨蛋闺蜜激动地抓住了她的胳膊："果儿，你太帅了，竟敢跟不良少年动手！"韩韩极度不合时宜地大笑起来，一双杏仁眼仿佛星星一般明亮，"就知道你对我是真爱，为了我都敢和不良少年打架！"

好，好极了，还有比这更火上浇油的事吗？

不怕虎一样的敌人，就怕猪一样的队友，此时此刻她深深体会到了这句话的意思。白果儿第三次狠狠地咽了一口口水，绝望地等着这帮人的雷霆之怒。

"噗——老子可乐都喷出来了！哈哈哈……我没看错吧？喂，你们快看，庆和的废物居然被那个看起来更没用的胖兔子推倒了？不行，要笑死人了，肚子痛……"

不远处的某个地方突然爆发出一阵无比嚣张的少年笑声，直接打破了这里一触即发的恐怖气氛。同时，也成功将所有人的注意力强行吸引了过去。

白果儿跟着看过去——

十步之远的地方，一个穿得花里胡哨的高挑少年正在那里笑得前仰后合，不停地狠拍大腿。

而在他身边，还站着另外四个少年，身上歪歪扭扭穿着的全部是圣亚学院的制服，一个个笑得面红耳赤。

白果儿冷汗狂冒，有种如坠冰窖的感觉。

她的身体克制不住地发抖，悲壮地跟韩韩对视了一眼，一同看向那边不怕死的不亚于火上狂泼油的高挑少年。

这个人是个子太高了，血液供不到大脑了吗？想死也不要挑这种时候啊！

然而，对方完全没有感受到白果儿此刻的怨念，自顾自地在那边笑到停不下来，一连串嚣张的笑声从他口中传出。

虽然隔着一小段距离，但在夜市璀璨的灯光下，倒也能够清清楚楚地看到他微微有些尖翘的精致下巴以及脸颊两旁深深的酒窝——映着他唇红齿白的漂亮面容，想低调也不容易，乍看上去甚至晃得人有几分眼花缭乱。

只可惜，下半张脸的美好都被他顶着的那个染得五颜六色的爆炸头破坏了！

不但"辣"眼睛，而且像极了曾经风靡一时的宇宙最强非主流！

最无语的是，他的耳朵上还戴着黑色的圆环耳饰。还有一个浅黄色的、不知道究竟是彩色墨镜还是有色近视眼镜的东西挂在他直挺精致的鼻梁上——在彻底遮住了他眼睛的同时，还连同他的造型将五官呈现的美感破坏得一干二净……

"裴子洛？"终于，地上的黄毛少年一骨碌爬起来，咬牙切齿地喊出了他的名字。

"咋了？被胖兔子推倒的废物，叫本大爷名字干啥？"

胖兔子？白果儿愕然，这应该不会是指她吧？

"果儿！"韩韩突然一把拉住她："那人不是咱们学校的'混世魔王'吗？九班的裴子洛？"

"是谁？"

"算了，当我没问！果儿，他们仇人见面，分外眼红，咱们快趁机跑吧！"快速观察了一下周围情况，韩韩当机立断地悄悄给白果儿下达

指令，"我数一二三，咱俩一起跑，明白？"

　　"不太行……我有点腿软……"

　　"你！刚才推倒不良少年的勇气去哪里了？"某人恨铁不成钢地咬了咬牙，然后死死拉着她的胳膊，"算了，算了，我拉着你。"

　　事实证明，那晚就算她们不跑也完全不会有人再理会她们了。

　　因为，就在逃跑的时候，后面的两队人马已经进入了白热化的大乱斗状态，完全顾不得其他。

　　跑出一段距离之后，韩韩甚至还停下来看了一会儿热闹。

　　要不是白果儿拼命拉着她，恐怕她还要拍一段小视频发朋友圈呢！

　　唉，不知道这算不算走了狗屎运，居然逃过了一劫……

# 第一章

混世魔王与幸运密码

1

自从自己的广播节目被安排成每周三天，白果儿就越发地热爱自己的广播事业。

明明是晚上六点才开始的栏目，她却在五点三十分就早早地到了播音室。

一遍又一遍地看着这间宽敞并且设备精良的广播间，还有照片墙上贴着的自己的相片，白果儿忍不住一个人站在那里傻乎乎地笑得见牙不见眼。

哼，虽然她是一个普通到扔在人堆里就立刻找不到的人，但那又怎么样？

她也有自己的坚持和梦想：坐在播音室里，用声音去讲述无数故事给大家听。

这就是她最幸福的事。

"果儿，这么早就来了？"播完上一个栏目的学姐收拾好东西从房间里走出来，"我的节目刚开始没一会儿就看到你进来了。"

白果儿顿时有些不好意思，紧张地看着走出来的人："对不起，打扰你了学姐，我下次会注意的。"

"哎呀，你不要在意啦，我就是随口说说。"面对她的局促，走出来的学姐很无奈——这个学妹刚进入广播站就是这样一副惴惴不安的样子，过了这么久，也完全没有改善呢……虽然让大家很苦恼，但，这个学妹有一副天生的好嗓子，声音清脆又好听，百转千回，甜而不腻，很是令人刮目相看呢！

"我先走了，你进去准备吧。"

"学姐再见！"白果儿立刻小心翼翼地告别。

白果儿直到播音室的门关上后又静静等了半分钟，确定学姐不会再返回来，才长舒了一口气。

唉，她真的很不擅长和人交往——还好藏在幕后给大家讲故事的时候，不用面对其他人。

整理好广播要用到的稿子，白果儿走进玻璃门后面的播音间。

坐下来将U盘插到接口上，把自己带来的背景音乐代替空档休息时统一播放的音乐后，她笑眯眯地戴上耳机，看着墙壁上挂着的表，一分一秒倒计时，准备开始自己的节目。

5点58分……59分……

6点整。

圆润微胖的手指轻轻搭上话筒的声控键，另一只手娴熟地搭上背景音乐的音量调节键。

一个缓缓推上去，另一个缓缓滑下来到一半的位置，她翘起嘴角，露出美好的笑容。

随即，清甜的嗓音响起来："红橙黄绿青蓝紫，do re mi fa so la si——七种颜色共同出现在雨后，七种音符共同跳跃在耳边。大家好，感谢大家收听每周一、三、五晚六点准时为大家播出的'圣亚故事汇'，我是主播——白果儿。"

"砰——"突然，外面广播室的大门被来人毫无征兆地推开，戴着学院纪检部臂章的一行人气势汹汹地冲了进来。

白果儿吓了一跳。

什么情况？

为了避免其他声音传出广播室，白果儿在第一时间将话筒键拉下来关掉。

相比其他人明显一脸恼怒不爽的模样，为首那个少年还带着礼貌微笑，立刻被衬托得格外友善耀眼起来——尽管他的模样原本就已经足够耀眼了。

那张英气逼人又清秀精致的脸上带着一抹抱歉的笑，黑白分明的大眼定定望着她，迈开长腿直直地往她这边走过来，轻轻推开玻璃门。

"同学你好，我是院学生会副主席游希。"他翘起嘴角，恰到好处地笑着，好看的大眼睛一瞬不瞬看着紧张的她："纪检部有件事需要紧急通报，已经经过学生会批准了，可以借用一下广播室吗？"

白果儿愣愣地看着他，一时忘了说话。

天使……

绝对的天使……

这样干净美好又英挺的少年，竟然真的存在。像是从漫画书里走出来似的，从头到脚都散发着青春和阳光的气息。

院学生会副主席游希？

她想起来了，就是前段时间整个学院传得风风火火的建校以来年纪最小的院主席团成员！他原本该是她的学弟，但因为成绩太过出众跳级上来和她同级了，如今也是二年级生。

"同学，你好？"白皙修长的手在她眼前晃了晃，那张俊秀逼人的脸随之在她眼前放大。

2

白果儿从座椅上弹起来："可……可以的……你用吧。"

"多谢。"游希浅浅一笑，转向玻璃门外的纪检部成员："你们进来吧。"

眼看他们坐到了播音台前面，白果儿咬了咬牙，还是在他们未碰到操作台之时凑上前去："这些东西使用起来比较复杂，还是我来帮你们弄吧。"

游希有些惊讶地看了她一眼，似乎没想到局促如她会突然出声："好，那就拜托了。"

说罢，自己退出去到玻璃门外，把操作台空间让给了白果儿和纪检部负责人。

熟练地重新打开话筒声控并将背景音乐调到最小声，白果儿向纪检部同学点了点头，无声比画了个"OK"的手势。

"各位同学大家好，院纪检部很抱歉打扰大家收听广播，还请同学们见谅——二年九班裴子洛！二年九班裴子洛！听到广播后立刻到教务一处！再重复一次，二年九班裴子洛！听到广播后立刻到教务一处！请见到裴子洛的同学们转告他，务必立刻到教务一处！否则将给予停课处分！谢谢！"

裴子洛？

……裴子洛？

傍晚的夜市、黄色墨镜片、非主流彩色爆炸头、群架……

那天晚上发生的所有事情随着这三个字的出现一股脑地涌回脑中，

站在一旁的白果儿顿时一阵战栗。

原来，纪检部的人是要找在夜市上和人打架的那个混世魔王啊。

不过，为什么？

难道是因为那天打架的事？

刚这样想一下，白果儿不由得有点心虚。隔着玻璃，她小心翼翼地看了一眼站在外面的游希。

没想到，刚刚好对上那双黑白分明的大眼睛。

对方依旧是友善又礼貌地微笑着，惊得白果儿赶紧收回视线。

要死了，反正她什么都不知道！就算知道也说不知道……打死也不想再和不良少年们有半点牵连了。

广播完毕，纪检部负责人长舒一口气，似乎在平复情绪。接着，他站起身子冲白果儿点了点头。

白果儿立刻会意，抬手将话筒声控再次关掉。

"同学，谢谢啊。"以纪检部负责人为首，其他几名成员也是一脸感激。

"没事……"白果儿摆摆手，张了张嘴也不知道还能说什么，干脆不吭声了。

"那我们先走了，这位同学你继续广播吧。"

"嗯！"连忙点头，白果儿目送那些人跟在游希身后离开广播室。

游希……

那个少年好像天生自带光环，明明比她年纪还要小，却能够从容不迫地带领比自己年长的学长们处理问题呢。

作为一个标准的声音痴迷者，白果儿长这么大以来还从来没有像今天见到这位了不起的学弟时那样，被一个人的气质倾倒过呢！

并不是她花痴，只是游希身上似乎带着一股与众不同的魅力，性格爽朗，处事又果断，就像是人们所说的那种——天生的领导者。

白果儿也曾一度坚信现在是个"看脸的社会"，但此刻她却在想，就算游希没有这样出众的样貌，光凭他身上所散发出来的气场，也一样会令人折服的。

她甚至还觉得，如果没有这样的好样貌，应该会有更多的人专注于他的才华吧。

因为，之前她有所耳闻，很多同学都质疑过游希的能力，觉得他能当上院学生会副主席是因为他有一副好皮相。

定了定神，白果儿长长呼出一口气，拍了拍自己的脸，重新扬起一个甜美的笑容，打开话筒："大家好，感谢大家收听'圣亚故事汇'，我是主播白果儿，接下来，我们继续回到今天的故事——"

"嘭——"话音未落就又是一记巨大的响声，广播室的大门猛地被来人一脚踹开。

3

"搞什么！我刚要去打球。"

白果儿惊得张大了嘴巴，眼睁睁看着来人像一阵旋风似的先是一脚踹开门，后是直接冲进了玻璃门这边的操作台内室——根本来不及等她作出反应，那人已经毫不客气地从她身后贴过来，双手撑在操作台桌面上，靠近话筒。

这个姿势之下，白果儿完全像是被他禁锢在怀里一般……

一切都发生得很突然。

"喂！喂！听得到吗？"那张很是好看的嘴巴凑近话筒，可随即响起的嚣张嗓音完全破坏了它的美感，"应该能听到吧？那些家伙刚才是不是就在这里叫的我？"

说着，他不耐烦地侧头看向自己怀里僵成一座石像般的女孩。

一个侧头，两人的距离如此之近，几乎到了鼻尖贴鼻尖的程度。

白果儿吓傻了，目瞪口呆地看着这个近在咫尺的少年。

偏小麦色充满旺盛生命力的健康肤色、精致帅气的面部轮廓，说话间脸颊上有两个深深的酒窝，夸张的五颜六色的爆炸头，浅黄色墨镜片，两只耳朵上张扬的黑色圆环耳饰……

这不是裴子洛是谁？

　　四目相对，白果儿瞪大了双眼，情不自禁地猛吸了一口气。

　　距离太近了！透过他浅黄色的镜片，白果儿甚至无比清晰地看到了那双炙亮且眼尾有些上挑看起来极具攻击性的眼睛。

　　"你干什么？"备受惊吓之余，她下意识想往后靠，却绝望地发现自己靠在了他结实的手臂上。

　　"诶？是你啊，那天晚上的胖兔子。"

　　这个家伙完全不在意话筒是不是还开着，让她恨不得一拳打碎他那一口白花花的牙。

　　"胖兔子，你那天晚上怎么溜了？太不仗义了，怎么说我也算是为你们出头。"

　　他还一副不满的样子？

　　被困在裴子洛怀里姿势诡异又暧昧的白果儿被气到浑身直哆嗦。说什么算是为她们出头？明明就是这家伙和那些不良少年们"仇人相见分外眼红"才对！

　　再说了，她跟他都不认识，这个混世魔王能有那么好心？居然好意思厚脸皮地说什么算是为她们出头？白果儿愤愤地在心里吐槽，却没有勇气说出口。

　　"你这样看我干什么？质疑我？"像是看出了白果儿的心声，眼前的裴子洛顿时皱起眉头，"喂，我为什么要撒谎？都说了是为你出头，不然你以为你们那天能轻松脱身吗？还是你以为我那么闲？无聊到逛个夜市都要给自己找麻烦？"

"你……"这家伙可真能信口雌黄，颠倒黑白啊！白果儿被他一连串的反问逼急了，鼓起勇气小声反驳他，"可你又不认识我，为什么要替我出头？"

"谁说我不认识你？算了，我干吗要和你解释？早知道你这胖兔子是忘恩负义的家伙，老子才不管你。"

白果儿眼睁睁看着那张唇形优美的嘴巴在自己眼前一张一合，最后不屑地"喊"了一声，转回头去不再看她。

"喂！纪检部的家伙，你们在找我吗？可是本大爷不知道教务一处在哪里。我要去打球了，找我的话就来篮球场。"话音刚落，裴子洛迅速起身，头也不回地大步离开了广播室。

龙卷风似的闯进来，又一声招呼不打地走掉。徒留白果儿一个人还石化在原地回不过神来，让她不知该如何面对这播音期间被恶意打断的烂摊子……

可恶！那个家伙真的是个白痴，怪不得韩韩说他是全校闻名的混世魔王！怎么会有这样乱来的家伙？

又急又气，一时间，白果儿被气得满脸通红。

没过几秒，几个人出现在广播室门口，他们一个个面红耳赤地喘着粗气，明显是跑过来的。

为首的负责人狠狠喘了几口气，满脸怒容地朝她走过来。

4

　　白果儿心里一阵发凉，纪检部的人怎么又回来了？

　　"同学，实在不好意思，还要借用一下广播。"

　　看着对方满头大汗的样子，白果儿也不好多说什么，认命地站到一旁让出位置。

　　"多谢！"那人感激地看了她一眼，随即便扑到话筒跟前，咬牙切齿道："各位同学大家好，院纪检部很抱歉再次打扰大家收听广播，还请同学们见谅。二年九班裴子洛！二年九班裴子洛！你在几号篮球场？"说罢，立刻意识到自己问了一个笨蛋问题，顿时气恼地打了自己的头一下，接着道："无论你在几号篮球场，请你待在原地不要离开，纪检部的人立刻过去找你！"

　　说着，他大手一挥，广播室门口那几个同样带着臂章的部员们立刻心领神会地分头冲向不同方向。

　　"再重复一次，二年九班裴子洛，请务必留在篮球场内，等纪检部的人过去找你。"停了片刻，纪检部负责人又想到了什么，充满歉意地看了白果儿一眼，然后继续俯下身靠近话筒，"各位同学，为了防止院广播台被人恶意使用，影响学院正常秩序，今天的广播到此为止。对大家造成的困扰，院纪检部再次向大家致歉。"

白果儿瞠目结舌地看向他，对视片刻后，在对方示意下，她只能无奈地关掉了话筒控制键。

几秒后，白果儿还是小声问道："今天不能播了吗？"

"嗯，抱歉，刚才裴子洛的行为已经严重影响了校园秩序，我担心他会再来一次故意挑衅。所以，今天就停播吧，纪检部会对今天的停播全权负责，会交一份报告给学生会和文艺部，你们广播站不用担心。"稍一鞠躬后，他转身离开。

白果儿站在原处看着敞开的广播室大门，一时无语。

进入广播站一年了，她还是第一次遇到这种莫名其妙的情况。

都怪那个混世魔王！

如果不是他，也就不会有今天这件事了……

满腔怨念地收拾好一切，白果儿离开心爱的播音室。

万万没想到，让她更加郁闷的事很快又发生了——才刚走出学校，她居然又碰到了裴子洛！

"嗨——"远远见她出来，那个家伙竟然像是看到熟人似的挥手朝她打招呼。

要死了，他是不是脑袋有问题？他们两个有熟到需要互相问好的程度吗？

白果儿强迫自己假装没看到，然后低下头去，一路眼观鼻鼻观心，顺着路边往外走。

"喂，胖兔子，你没看到我在和你打招呼？"一堵人墙冷不防地挡住了她。

假装迷茫地抬起头，只能看到他弧度漂亮的下巴，白果儿一阵心塞，不爽地嘟囔了一声："我们很熟吗？"

"什么？"眼前的人夸张地提高嗓门顺便弯下腰，把手竖在耳旁，"你是胖兔子，又不是蚊子，干吗学蚊子哼哼？"

因为他的大嗓门，周围的行人顿时投来一束束探究的视线。

看着他们之间距离那么近，不明真相的人在惊讶过后纷纷用暧昧的眼神打量着她，三三两两小声议论……

白果儿看着眼前的混世魔王，只觉得一股怒气从头传到脚。

怒从心头起，恶向胆边生！她深深吸了一口气，瞪红了一双眼突然大吼了一声——

"我说！我们很熟吗？"

我们很熟吗……

很熟吗……

感觉周围瞬间变得安静了。

5

"噗——"旁边不远处，裴子洛的几个同伴爆笑起来，"哈哈哈，老大，你居然被吼了！小心了，千万不要像庆和的人一样也被她推一个大跟头啊！"

白果儿的脸涨得通红，怒目瞪着他。

他倒是不在意，只是散漫地掏了掏耳朵，然后双手插兜站直了身子，顶着那个夸张的爆炸头。

白果儿后知后觉地发现，自己的身高居然只勉强到他的胸口……哎呀！那也不能输了气势！

梗着脖子，她硬着头皮继续瞪他："你不是告诉纪检部的人要去篮球场吗？为什么在这里堵我？"

"堵你？"裴子洛像是听到了什么天大的笑话，嗓门再一次拔高："胖兔子，你开什么玩笑，本大爷只是刚好碰到你了，好心打个招呼罢了……再说了，我是说在篮球场没错，但我没说是学校的篮球场啊。"

对此白果儿竟无言以对。对这种混世魔王，还有什么话好说？

白果儿黑着脸后退了一步："好吧，那打完招呼了，再见。"

说完，她绕过他往前走。走了两步她突然停下来，鼓起勇气补充了一句："做人不要太嚣张，小心被纪检部抓到处分你！"

话一说完白果儿就后悔了，生怕惹怒了那位魔王，拔腿就跑。

身后，远远传来那家伙不以为意的奚落声："胖兔子，还是多担心一下自己吧，随便结束广播，当心被投诉。"

白果儿忍不住停下来，气不过地回头瞪他。看着他酷酷地朝她摊了摊手，白果儿涨红了脸："不用你操心，我才没有随便结束广播。"

"是吗？"没想到，那家伙不假思索地说道，"你这档节目的结束时间是六点半，现在是几点？"

可恶，为什么这家伙对她广播节目的结束时间那么清楚？

白果儿一张脸涨得通红，瞪着他看了又看，最后一扭头跑掉了。倒霉死了！好好的广播节目，被那个讨厌的裴子洛闹得鸡飞狗跳……

远离了学校，白果儿长舒一口气，拨通死党电话。

"果儿？"没响几声，电话便被接通了，"怎么这么早给我打电话？节目播完了？"

"别提了，今天广播被停掉了……"忍不住又叹了一口气，白果儿可怜巴巴地说，"不想说了，你在哪里？我去找你。"

十五分钟后。

咬着吸管，喝着韩韩带来的珍珠奶茶，那张圆润的娃娃脸还是皱在一起，明显很不开心。

"哎呀，干吗，怎么还是不高兴？"挽着她胳膊的韩韩很无奈。要知道，她可是很少见到她家果儿郁闷这么久的。

想了想，幕韩灵机一动，凑到果儿旁边，看着她那双圆溜溜的眼睛："果儿，我带你去萌物便利店吧！上次广播之后你不是一直惊讶它的火爆程度吗？我带你去亲身感受一下。"

"不要，没心情，我要回家。"她要回家连吃三包薯片安慰一下自己受伤的心灵。

"很近的！就隔三条街，去看看好不好？这几天新一季度的幸运密码开始抽了，我们也去试试嘛！得到幸运密码，说不定可以重新打开人生新篇章。"

白果儿吸了一大口珍珠奶茶，对韩韩的话表示无语。

突然，韩韩放下挽着她胳膊的手，面无表情。

"白果儿……"

被点了大名的人淡定回视她，然后，再次吸了口珍珠奶茶。

"哎哟！去嘛！陪我一起去看看！我不管，你不陪我去我就跟你绝交三天，而且奶茶你也别想喝到了，零食也不给你带！"眼前美丽的氧气少女毫无预兆地撒起娇来，扯住她的胳膊晃来晃去，差点晃掉了她的奶茶。

"好好好——"白果儿忙保护好自己的奶茶，无奈地妥协，"我去，我去还不行吗？别摇了。"

"耶！就知道你最好了！"

6

　　被拖到那家所谓的萌物便利店门口时，白果儿已经把奶茶喝完了，顺便还吃掉了韩韩塞给她的曲奇饼干。

　　吃饱喝足，心情也好了大半。

　　心情好了，也就有兴趣端详眼前的这家店了。

　　不得不说，眼见为实，说它是目前人气最火爆的店真的一点儿也不夸张。

　　从装潢上来看，她几乎不敢相信这是一家便利店！

　　无论从建筑外观还是里面的装潢设计来看，这家店无处不透着一股浓浓的欧式童话风，颜色以西瓜红、嫩绿、鹅黄、水蓝、浅粉等治愈的糖果色为主，让人光是看着就觉得能放松下来想要靠近，完全不同于其他便利店的单调和清淡。

　　"好多人啊。"店里面人挤人，白果儿都忍不住要怀疑自己是不是到了正在开特卖会的商场？

　　"当然，不是跟你说过吗？整个南区，没有比这家萌物便利店更火爆的地方了。"韩韩两只眼睛都开始发光了，不由分说地拉着她的手带着她往里面挤，"这已经算人少了，上次我来的时候都没挤进去。"

　　韩韩好像被大力水手附体了一样，明明很是纤细的一只手，眼下却像是个铁爪子一般死死地拖着她——她连开口要求在门外等的机会都没有，就被韩韩拖进了店里，一路过关斩将、挤赢无数少男少女们，直捣龙穴。

当然，这里面可以说有韩韩那张清新无敌的美丽脸蛋一大半功劳——韩韩虽然头脑不大好使，但论美貌绝对是出众的！无论在什么地方，这张脸一出现，绝对百分百吸睛。

那些眼尖的青涩少年们一看他们的女神来了，立刻自觉地让出一条窄窄的道来让女神顺利挤进去。

别看只是窄窄一条，已经是他们拼尽全力的结果了，毕竟犯了花痴的少女们一个个都是力大如牛的。

"果儿，你要不然先站在这里等我一下，我自己挤过去就好了。"尽管被那些男生不动声色地保护着，但一路挤进来的韩韩明显还是有些吃力。

估计是发觉拖着果儿好似带了个拖油瓶，是个错误的决定，韩韩终于松开了她的手，示意她往最里面难得人不多的一个角落走。

"好……"白果儿才刚答应，眨眼的工夫，韩韩已经被人潮挤向了另一边。

真是令人咋舌！看着眼前这人山人海的场面，一时间，白果儿不知道该怎样表达自己的感慨。

"这位客人。"忽然，一道清脆独特却雌雄莫辨的嗓音在她耳边响

起。纷乱嘈杂中，这声音轻而易举地脱颖而出，直直刺入她耳朵最深处的神经，惹得她这样的超级声音痴迷者刹那间起了一层鸡皮疙瘩。


7


极品声线！什么人？白果儿激动地转过身看去，下一秒对上了一双波光粼粼的能够蛊惑人心的狐狸眼。

呼吸停止了一瞬间。

这是第一次，白果儿感受到了什么叫视觉冲击。

这个人仿佛带着不同寻常的魔力一般，第一眼看到他后便会深深被吸引，然后越来越难以自拔。

她甚至很难分辨出眼前这个人究竟是男是女，虽然他留着清爽的短发穿着男款制服，眉眼间也透着一股属于少年的气宇轩昂的英气……但是他的五官实在太过于好看了！皮肤光洁细腻，像是那种价值连城的羊脂玉；秀挺的鼻子精雕玉琢，弧度完美到令人惊叹；浅色的嘴角微微扬起，友善而迷人，映着那双瞳孔颜色很浅的褐色狐狸眼，仿佛闪烁着无限光芒。

此人本应天上见，人生难得几回闻？眼前的这个人气质太过独特了！狡黠又神秘，稍不注意就被蛊惑。

怪不得韩韩之前说了好多次这家店的人气之所以这么高，都是因为店员一个个外貌堪比当红明星，可以说就是在消费店员外貌了。她之前还不信，现在眼见为实，韩韩说的居然都是真的。

"客人？"见她发怔，眼前的少年脸上还是带着礼貌的笑。

回过神来的第一时间，白果儿看了眼他的胸卡——

**副店长 叶樱**

白果儿忍不住在心里倒抽了一口气，这个少年连名字都这样独特。

等等，他居然是这家店的副店长？

白果儿震惊地抬头看向他，后知后觉地发现，这个美少年并不是很高大，只比她高了半个头左右，身高目测不超过一米七五，身形看上去很单薄。

"客人，欢迎光临萌物便利店，有什么需要帮助的吗？"那双超级好看的狐狸眼望着她，笑眯眯的。

虽然感觉很危险但又透着难以拒绝的友好，感觉矛盾极了。

这种人居然没有去当明星？这相貌简直就是老天爷赏饭吃，也太适合出现在银幕上了吧？现在的星探都在家里偷懒没有上街发掘人才吗？

不过……

白果儿下意识抬头看了一眼他身后房间门上的牌子——员工室，非工作人员请勿入内。

怪不得这边没什么人……原来是工作区。

"不好意思……我、我在等朋友。"在那双耀眼好看的浅褐色狐狸眼的注视下，白果儿有些不知所措，尴尬地搓了搓手，"我是不是妨碍到你们了？对、对不起！我出去等……"

"没关系，你别紧张。"看她局促不安的模样，叶樱笑起来，双眼不易察觉地闪过一抹波动，然后被掩饰得无影无踪。

"我好像见过你。"

"啊？"白果儿吓了一跳，连忙摆了摆手，"没有吧……"她如果见过这样好看的人，怎么可能没有印象？

"你叫白果儿，对吗？"

白果儿彻底被惊呆了，傻傻地张大了嘴巴，不知道该说点什么。

"我们究竟是在哪里见过的呢？"眼前的人笑了笑，狐狸般狡黠又好看的眼睛轻轻眯起，似有似无地撩拨着她的好奇心，"想不起来了，你也没有印象，对吗？"

白果儿赶紧点了点头，感觉好像不太对，又摇了摇头。

叶樱轻笑了一声，没有再继续这个话题："对了，店里有巧克力折扣活动，是我们萌物便利店自己推出的产品，不介意的话，可不可以帮我们试吃？"说着，叶樱伸出一只手摆在她眼前。

白果儿一愣，没明白他的动作是什么意思："试吃可以呀，但你这是……"要握手吗？

没等她问完，下一秒，眼前的少年轻轻抖动了一下手，一盒精致的巧克力像是被施了魔法般凭空出现。

"啊!"白果儿惊讶地张大了嘴巴,再也忍不住轻呼出声,不敢相信地看着眼前的绝美少年,越看越觉得他不像真人。

难道是碰到精灵了吗?

像是猜到了她的想法,眼前的美少年再一次笑了起来,将那个精美礼盒放到她手上。然后,他眨了眨那双狡黠的眼:"一个小魔术,希望这位客人能够开心品尝这盒巧克力。"

不等她再说什么,叶樱已经推门走回了身后的员工室。

所以……

她平白拿到了一盒巧克力?可以吃吗?不要收费吗?

一连几个问号浮现在脑海,白果儿拿起手上的盒子看了看,准备拆包装。

纤长漂亮的一双手毫无征兆地制止了她的动作,然后一手拿住盒子另一只手拿着扫描仪对上了条纹码。

"滴——"一声轻响过后,那人转身离开。

白果儿错愕地抬头,只看到了一个纤长的少年背影,听到周围的阵阵尖叫。

"安羽白!是安羽白!他怎么会走出来给她扫描东西啊?"

"天哪,好帅啊,我刚才居然离安羽白那么近。"

所以……现在是可以吃了?会是什么样的巧克力呢?

不知为什么，白果儿忽然变得很好奇。

她小心翼翼地撕开透明包装，然后掀开盒子盖——首先映入眼帘的，居然是一张桃红色的卡片。

这是什么？将卡片拿出来，暂时将盒子抱在怀里，白果儿好奇地打开了那张卡片。

上面清清楚楚地出现了三行大字……

幸运的客人：

恭喜你！

抽到了本期的幸运密码！

呆呆地看着这张卡片，白果儿忽然觉得自己脑袋有点转不过来。

幸运密码？这个……难道就是韩韩嘴里念叨的那个幸运密码？

是那个吗？

还没容她做出任何反应，不知道是谁在旁边喊了一句——

"天！她……她抽到这一期的幸运密码了！"

这个声音拔地而起，带着力拔山河的气魄，像病毒一般在空气里迅速传播，才几秒钟就传遍了这个便利店的每一个角落。

随之而来的，是诡异并且不合时宜的死寂。

刚刚还很喧闹的店内，突然安静得几乎能听到时钟滴滴答答的声音。无数双眼睛带着炙热的温度从四面八方向她看来，有艳羡、难以相信、嫉妒……像是要把她的身子盯穿一样。

# 第一章

混 世 魔 王 与 幸 运 密 码

　　白果儿看到幕韩奋力推开周围那些呆若木鸡的人，朝她这边冲过来："果儿！快走！"

　　少女清脆的声音打破了这阵难以形容的诡异死寂，周围的人开始渐渐骚动起来，声音越来越大。

　　此时，韩韩的手已经强有力地扣上了她的手腕。

　　白果儿不知所措地看着她："韩韩？"

　　"你真是走大运了！"韩韩无比怨念地瞪了她一眼，随即拉着她转身往店外冲，"回去再说，赶快离开这里。"

　　"啊？怎么了？"

　　周围的吵闹声越来越大，白果儿顾不上其他，只得跟着韩韩在她那些"追随者"们的努力保护下往外冲。

　　"你知不知道，上一期幸运密码的获得者差点当场被踩成骨折！"一句话，成功让白果儿闭上了嘴。

　　她扫了一圈周围那些几乎冒着绿光的虎视眈眈的眼睛……汗毛瞬间竖了起来。老天，不过是一张卡片而已，要不要这么夸张？

　　白果儿也不知道她和韩韩是怎样从那群可怕的人身边逃回家的……等回过神来的时候，她已经披头散发、极其狼狈地扑倒在自家沙发上喘粗气了。

　　"干什么？你看看你，满头大汗的……"从厨房出来的老妈看到她，顿时拔高了嗓门，"回家了还不快收拾一下去洗澡，你到底想不想

吃饭了？"

　　说真的，她还真的有点跑饿了。

　　迫于老妈威胁，白果儿拖着半残的身子颤巍巍地走回了房间，将手里的巧克力盒以及书包扔到卡通地毯上。

　　这几天真是倒霉透了……

　　怎么总是遇到莫名其妙的事情……

# 第二章

神秘音频任务大作战

1

正好是周末，白果儿一觉睡到大天亮。

明媚的阳光透过白晃晃的纱帘进入房间，直直地洒在窗户旁那张蓝紫色小床上的少女身上，映着她藕荷色的可爱睡衣，衬得她的皮肤越发晶莹剔透，像是刚刚出炉的牛奶馒头一样雪白可人。

少女的脸就像她的身子一样有些圆滚滚的，一看就知道，这并不是个苗条纤细的姑娘。然而，这并不影响她的可爱程度。长长的睫毛在阳光的照射下在眼睑下留下一片阴影，粉嘟嘟的唇微微张着，嘴角还挂着可疑的透明痕迹……

不同于平时扎得工工整整的丸子头，眼下，睡梦中的少女披散着一头泼墨般好看的及腰长发。长发几乎撒了半张小床，像是一个可爱的小精灵。

眼下正在睡觉的女孩远比她平日里有些自卑的样子要可爱得多。可惜，她自己并不知道……

一阵惊天动地的捶门声拔地而起，同时还响起一声尖叫。转眼间，来人已经推门而入。

"白果儿。"魔爪毫不留情地一把掀开她的被子，死命摇晃她的肩膀，"你还睡得挺幸福？快点给我醒醒！"

从美妙的睡梦中突然被摇醒，白果儿还没来得及睁眼，就感觉一阵天旋地转。

"韩韩？"视线一点点变得清晰，迎着阳光，白果儿这才看清，坐在自己床上正在狠命摇晃她的人是她最好的朋友——幕韩。

"快点清醒，果儿，出大事了！"幕韩无奈、焦急的口气还是让白果儿慢慢清醒过来。

白果儿打了个大大的哈欠，然后不紧不慢地抓了抓头发，半睁着眼睛看她，问道："韩韩，今天是周末，你不在家里睡懒觉，跑到我这里来闹什么？"

"你就知道睡懒觉。"幕韩又急又气，一把抓过她放在床头桌上的手机扔到她跟前："你看看我一早上给你打了多少电话？你死活不接，我只能跑过来亲自叫你了。"

"你打电话给我了吗？"白果儿迷茫地按了下解锁键，赫然看到屏

幕上显示的未接来电高达三十多通！

白果儿顿时清醒了大半："对不起，周末为了睡懒觉我的手机都开静音模式的。发生什么事了？怎么这么着急？谁惹你了吗？"

"不是我！"韩韩眼睛眨也不眨地盯着面前这个迷糊姑娘，水盈盈的美丽眸子里全然不见往日的笑意，取而代之的是少见的严肃："白果儿，听好了，是你出事了。"

窗外柔柔的微风吹动着少女房间里洁白的纱帘，温暖的晨光点点洒在两张正值花季的美好的少女脸庞上。

身材圆润的少女有着一头瀑布般美丽的黑色长发，从肩膀滑到后背，最后散落在身下温馨的小床上。配着她身上可爱的卡通睡衣，迷糊又清纯，像只胖乎乎白令令的小兔子。

在她的对面，有着一张极其标致的、当代氧气美少女脸庞的纤细少女直直地盯着她，一口雪白整齐的贝齿因恨铁不成钢而咬得咔咔作响。

此时此刻，圆溜溜的眼睛看着眼前漂亮的杏仁美眸，满是不解："韩韩，你在说什么胡话？我在家里睡得好好的，能出什么事啊？"

"白果儿，你要急死我了！你是不是傻了？你难道忘了昨天晚上在萌物便利店发生的事情了？"

白果儿再一次抓了抓头发，接着又打了个更大的哈欠，翻身趴回自己的小床上。想了一会儿，歪着脸看着韩韩问道："萌物便利店……幸运密码？"

韩韩当即将一双美丽的眼睛瞪得老大："对！你终于想起来了！白果儿啊白果儿，我真是服了你，发生了这么大的事，你竟然还能睡得像死猪一样。"

死猪……白果儿一脸黑线。

"你赶紧给我起来，好好看看论坛。"幕韩小手一挥，再一次从床上把她揪起来，顺便把手机塞到她手上，"真不知道该说你心太大还是你太小看幸运密码的魅力。看看吧，你已经一夜爆红了，整个南区所有学院的人都在讨论你，各大论坛的人也在寻找你的个人信息。"

"什么？"一个激灵，白果儿只觉得一股冷气从后背冒出来，整个人完全清醒了。

她半信半疑地拿起手机解锁，打开学校论坛……

"注意！本期幸运密码获得者曝光！"

硕大的加红加粗字体映入眼前，占据了论坛首页最明显的位置。

目瞪口呆地一个帖子一个帖子看下去，白果儿越看越觉得难以置信。整个论坛的页面，每十个帖子里至少有八个都是关于幸运密码和本期获得者——也就是她白果儿的信息，这些帖子几乎将她的老底儿扒了个干净。

"什么情况？这也太过分了吧！"指着屏幕上满屏可见的自己的大

名，白果儿的手已经开始克制不住地抖了起来。

"过分？果儿，这才是刚刚开始！从昨天——就从你拿到幸运密码开始，你就要接受无数关注了。你刚才看到的只是咱们学院的论坛，但是现在，整个南区所有学院的论坛里全都是你拿到了这季度幸运密码的八卦消息。"

手机从手里滑掉，某个人被吓到了。她张大嘴巴瞪圆了眼，傻愣愣地看着眼前认真告诫自己的人。

一分钟……

两分钟……

三分钟……

眼前的小圆脸还是满面惊恐，石化了似的一动不动。

幕韩觉得有点不对劲，这家伙不会吓傻了吧？

眼前的女孩刚睡醒不久，白皙圆润的娃娃脸上还挂着口水印，一头漂亮的长发乱糟糟地堆在身后，睡衣歪歪扭扭地挂在肩膀上——明明是一副和谐的可爱少女起床图，偏偏那双眼惊恐地瞪得浑圆，生生地破坏了整个画风。

想来也是，果儿从来都是低着头缩在幕后以声音示人的，这一下子变成了所有人关注的焦点，确实太难为她了……

不会惊吓过度吧？

咽了一口口水，幕韩小心翼翼地抬起手在她眼前晃了晃："果儿？回魂了——"

还是没有反应。

早知道就不这样直白地告诉她了。

想了想，幕韩强行露出一个笑脸，拍拍她的肩膀："其实吧，也没有那么可怕。想想看啊，这个幸运密码可是很抢手的，大家抢都抢不到，我都对你超级羡慕嫉妒恨的。现在的主要问题是，你之前一点儿准备都没做，而且在大庭广众之下就这么被人看到了……萌物便利店人气之高，你也有所感受对吧？店员随便拉出来一个就能碾压那些明星们。所以嘛，你的关注度太高，可以理解……呃，其实也没关系的啦，你放心，等过了这段时间，大家就不会像现在这样盯着你了。再说了，那些都是论坛里的讨论而已，网上言论跟现实生活是不一样的，她们不会真的跑来跟你问东问西的。别担心了，还有我陪着你呢，乖！"

一番苦口婆心的长篇大论下来，终于让白果儿一颗冰凉的心回暖了不少。

网上跟现实不一样吗？

转过头来，白果儿红着眼眶眼巴巴地看向自家闺蜜："真的？"

"真的。"韩韩硬着头皮回了一声。

没办法，看她这副模样，她实在忍不住想起了那位混世魔王裴子洛

给她起的外号——胖兔子。

韩韩偷偷地想，其实……从某种程度上来讲，还是蛮贴切的嘛。不知道裴子洛那位大魔王，是怎么做到如此精准地定位她家果儿的？

2

大好的周末时光，韩韩就这样大刺刺地赖在了白果儿家，顺便在她家蹭了午饭。直到下午，白果儿几乎磨破了嘴皮子才把恋恋不舍的韩韩赶回了家。

站在阳台上目送那个纤细美好的少女渐渐走远，白果儿长长舒了一口气。然后，她回到卧室，视线落在那个静静躺在卧室地毯上的巧克力盒子上。

终于把韩韩打发走了……刚才吃午饭的时候，她仔细想过了。

还是把这个东西送回去最好，这样什么事都解决了，让店家重新抽这个季度的幸运密码就好了。

准确地说，其实这个幸运密码根本不能算是她抽到的，只是刚巧碰上了那位令人惊艳的副店长，得到了一个试吃品。

对，就是这样。她只要找到那个叫叶樱的副店长，把巧克力连同里面的幸运密码还给他，跟他解释清楚，就什么都搞定了。

反正除了那张通知卡片之外，那盒子里面的东西连同巧克力在内她一下都没碰过。

只要解释清楚，他们应该是可以理解她的。

白果儿快速换好衣服，仔细地将那盒有着所谓幸运密码的巧克力重新包装好放进书包里。

她才不会让韩韩知道她的打算，以她对韩韩的了解，这家伙绝对不会同意自己把这个东西还回去的。韩韩替她担心是真的，但是，韩韩对这个幸运密码的好奇和期待更是真的。

如果告诉韩韩自己要把它还回去，那么，韩韩绝对会想尽一切办法阻止她的。

"妈妈，我出去一趟。"急匆匆地在玄关换好鞋子，白果儿大声朝客厅喊了一声。

"刚吃完饭就往外跑？"

"一会儿就回来，我走啦。"


白果儿家离那间独特的萌物便利店只隔了三条街，很近。不过二十分钟，她已经走到了它店门口。

白日里，那座糖果色欧式童话风的建筑比上次在夜色中看还要漂亮，十分引人注目。明媚的阳光尽数洒下来，给它镀上了一层金色，让它闪闪发亮。

这家萌物便利店，真的很好看啊。

还有里面的店员们，也真的很好看。

她不得不承认，这里确实有吸引人的与众不同的魅力。光是站在外面看一看，就会觉得温馨极了。

只是……

她无奈地叹了一口气，这里人真的好多，无论是店外还是店内，都挤满了人。拉了拉书包带，白果儿深吸了一口气，鼓足勇气再一次踏进了这家店。

"咦，你看那个女生，她是不是论坛上的那个？"

"好像是吧，看起来是。她就是这期幸运密码的获得者？"

"不是吧？看上去简直比论坛上的照片还普通。"

"天哪，幸运密码居然被这种路人甲抽到了。"

"她怎么又来了？不是已经抽到幸运密码了吗？"

"这还用说，肯定来显摆的呗。"

周围很快有人看到了她，并开始不停地议论。很快，许多道视线从四面八方投了过来。

白果儿也不是聋子，周围那些七嘴八舌的议论和吐槽，她听到了不少。原本雪白的脸涨得通红，她实在不适应这种被所有人关注的感觉，会让她有种想立刻转身逃跑的冲动。

更何况，这些关注还并不怎么友善。

坚持住，白果儿你要坚持住，只要把东西还回去然后解释清楚，这些就都解决了。

狠狠地给自己打了打气后，她眼观鼻鼻观心，尽可能自我催眠周围的人看的不是她、不是她、不是她……

一路人挤人地挤到了那个熟悉又陌生的角落。

员工室，非工作人员请勿入内。

牌子上金色的大字映入眼中，白果儿咽了口口水，颤巍巍地抬起了手。如果眼神里也能飞出刀子的话，此时此刻她的后背恐怕已经全是窟窿了……

"咚咚——"

她小心翼翼地敲了敲门，然后老老实实地站在那里，眼睛一眨不眨地盯着这扇门。

很快，门被人从里面拉开。随着一张脸的出现，周围此起彼伏地响起一阵阵难掩激动的吸气声和尖叫声。

"是你？"那双狡黠动人的美丽狐狸眼在看到她的时候有些惊讶，然后变得弯弯的，"本期幸运密码获得者，可爱的客人，恭喜你。"

面前的人不是那位副店长叶樱，还能有谁？

眼前的人真的太耀眼了，她甚至无法跟他对视。白果儿越发局促起来，手足无措地摆了摆手，却一时不知道从哪里说起。

"正好我们也想找你呢，昨天你抽到幸运密码之后很快离开了，我们都没来得及给你做一个记录。"他浅浅笑着，神情礼貌又魅力无限，然后后退了两步站到旁边，做出一个请的动作，"进来说好吗？"

周围的议论声越来越大，背后是无数道火辣辣的视线，白果儿紧张得连话都说不上来，傻乎乎地猛点头，快速进了这间员工室。

门被重新关起，也一并将那些令她不安的视线和声音挡在外面。

"请坐。"美丽的少年体贴地为她拉开椅子。

虽然她也不想用美丽这个词来形容眼前的少年……但，这张脸精致独特得实在是有种不应该属于男生的感觉。

"谢、谢谢！"

"不用客气。"他依然是那副笑容，眨了眨眼，转身从后面的架子上拿下来一个文件夹，"那我们现在做一下记录，好吗？"纤长白皙的手将那个文件夹推到她面前，就要替她翻开。

"其实，我今天是来——"话音戛然而止，变成了惊讶的轻呼声。

白果儿不敢相信地揉了揉眼睛。天哪！明明是薄薄的一个普通文件夹，在他翻开的瞬间，赫然出现了一杯橙汁！

叶樱神秘地眨了眨那双狐狸眼，又是一笑："先喝点东西吧，你太紧张了。"

白果儿鬼使神差地听了他的话。伸手拿起那个杯子，然后半信半疑地喝了两口里面的东西——老天！真的是橙汁！如假包换！

"你是魔术师吗？"白果儿忍不住睁大眼睛问他。

"你觉得是吗？"只要一笑，叶樱那双闪着光泽的狐狸眼就会轻轻眯起，透着仿佛与生俱来般的蛊魅，危险狡黠又令人着迷。

白果儿脸一红，低下头去不敢看他："肯、肯定是……"

不知道为什么，她有一种感觉——这家便利店绝对不是看上去的那样简单！

不对！她的正事！忽然想到了自己过来的目的，白果儿急忙摘下书包拉开拉链："其实我是来把这个东西还给你的。"

"哦？"叶樱饶有兴趣地看着她。

白果儿小心地从书包里把那盒巧克力拿出来，放在桌子上，推过去："我……昨天这个带有幸运密码的巧克力，是你送给我的，你还记得吗？就是昨天傍晚的时候。所、所以，这个不能算是我抽到的，只是个意外，应该还给你们，重新让大家抽……对了，我保证没有打开下面的巧克力也没有看到幸运密码的内容，真的。"

一只好看的手指抵住盒子，白果儿一愣。

　　"这位客人，虽然它是我送给你试吃的，但是这里面有幸运密码却是你的运气好。"随着他好听的嗓音，那只手指又一点一点将盒子推回了她跟前，"本店已售物品，从来都不能退回。"

　　白果儿呆呆地看着他，那双狐狸眼微微眯起，危险又狡猾，像是看到了自己的猎物一般。

　　再开口时，他说出的内容配合着他招牌笑容，让她再无回绝之力："果儿，你最喜欢各种完美的声音，对吗？幸运密码总会带给人惊喜，既然已经被你拿到了，为什么不打开看看呢？说不定，它会让你得偿所愿呢……"

　　　　3

　　雨下了整整一天，直到放学的时候还是小雨绵绵。

　　"快看呀，那是二年三班的白果儿，听说就是她拿到了这期的幸运密码呢。"

　　"就是一个路人甲嘛，幸运密码落到她手上简直就是暴殄天物。"

　　"烦死了，越看她越烦，怎么偏偏被她抽到了？"

# 第二章

## 神秘音频任务大作战

"哈哈哈，她也没有那么差吧？我看你们都是嫉妒。"

"这话没毛病，嫉妒使我丑陋。"

"你们知道咱学院排第二的校花幕韩吗？我听说，她是幕韩的小跟班，天天缠着幕韩。"

"那个幕韩也不知道怎么想的，最近也跟疯了似的，到处跟人发脾气，维护白果儿。"

"你懂什么，人家或许就是想找个小绿叶来衬托自己呢？"

白果儿将手中的卡通雨伞压得很低，几乎遮住了自己半张脸。

一转眼，离得到幸运密码的那天已经过去一个星期了。虽然她现在已经逐渐试着去接受和习惯周围那些七嘴八舌的议论声，但她还是失败了，依然不习惯被众人盯着的感觉……

这大概就是她的缺点吧？可这世界上原本就有活泼开朗的人，也有内向安静的人，她又有什么错？如果可以选择，她才不要抽到幸运密码，她就想平平静静地过好自己的生活。

自从那天稀里糊涂地被那个狐狸一样狡猾又漂亮的少年搪塞回家之后，她就彻底放弃了把幸运密码退还回去的念头。

很显然，那位副店长根本不会同意。不仅如此，那天，他还拐弯抹角地暗示她这是破坏他们店内活动规则的"极其恶劣"的行为。

想想就觉得头疼。

唉……幸好韩韩刚刚不在，不然她要是听到这些议论，又要过去跟那些人大吵一场了……

毛毛细雨安安静静地下着，落在地上的水洼里，泛起涟漪点点。

白果儿压低的雨伞，为自己隔离出一方天地，她忽然觉得，其实下雨也挺好的，至少可以用伞挡着自己，不用每天直接面对那么多目光。

旁边突然传来一阵跑步声，两个小学生模样的小男孩背着书包打闹着从她身边跑过去，大咧咧地踩过路边的水洼，顿时泥水四溅。

白果儿来不及反应，从鞋子到雪白的及膝袜，甚至还有校服裙摆的位置——全部中了枪。斑驳的黑泥点让她看起来狼狈又可笑。

"噗。"身边赫然响起一道喷笑。

白果儿吓了一跳，侧头一看，顶着一头花花绿绿爆炸头并且戴着黄色墨镜和黑色耳环的少年不知何时猫起身子钻进她的伞下，紧紧地贴在她身边。

"你——"备受惊吓的白果儿当即

后退三步，惊悚地看着面前这个嚣张又懒散的少年。

没有了雨伞的遮挡，白果儿整个人都暴露在绵绵小雨中，一身狼狈。又因为被吓了一跳，那双原本就因为委屈而憋得通红的眼睛瞪得老大，一眨不眨地盯着自己面前的少年。

看着她，裴子洛微微一愣。黄色镜片下的眼中闪过一抹几不可见的波动，但是被很好地遮掩起来。

"你干什么？"

"哈哈哈——"他忽然大笑起来，看着她狼狈的样子，说道，"胖兔子，你走路都不看周围的吗？本大爷看到有熊孩子跑过来，眼疾手快地找人挡一下，没想到居然是你。哈哈哈，真是笑死我了。"

看着那两排白晃晃的牙以及他脸颊上两个深深的酒窝，白果儿只觉得一股无名火从头烧到脚。

她从小到大还从来没有如此讨厌过一个人。这个家伙实在是太讨厌了！不知道哪里来的勇气，白果儿用尽力气使劲踩进前面的一个小水洼，无数泥点顿时爬上了那个正在爆笑中的人的裤子上，滑稽极了。

裴子洛目瞪口呆，石化了。

跟在他身后的几个"小弟"石化了。

周围路过的学生们都石化了。

而罪魁祸首白果儿却得意地笑起来，一双眼睛眯得弯弯的像个小月牙："看来你光躲熊孩子可不行！我告诉你，最好不要招惹我，不然让你好看！"

心头闷了一路的大石头突然落下了，白果儿顿时觉得神清气爽，无视他们的呆滞，脚步轻快地重新举起花雨伞和他擦身而过。

"老大。"足足过了半分钟，后面的几个少年才回过神来，慌慌张

张地扑上来，生怕他们的老大生气。老天，那个女生也太大胆了吧？众目睽睽之下居然敢这样和老大作对？

下一刻，他们再一次愣住了。

没看错吧？他们老大脸上……好像……挂着一抹傻呵呵的笑？

他们默默对视了一眼，不约而同地在心里默默吐槽。唉，他们老大真是太奇怪了，不但从很久之前就一直在听那个女孩主持的广播节目，现在被她顶撞了居然还在笑。


4


出了一口恶气的白果儿兴致高涨地回到家。

她洗完澡，吹干长长的头发，没有像往常一样坐在客厅吃水果，而是直接一头扎进自己的小卧室，坐在地毯上翻出上周随手扔进抽屉柜里的巧克力盒。

哼，幸运密码？她决定了！这个打扰了她正常生活的东西，她倒要看看它究竟有什么神奇之处。

打开盒子，白果儿将那张通知卡片扔到一旁，再扒开第一层巧克力，赫然出现一个红色的棉垫。

在红色棉垫之中，静静躺着一个樱桃图案的小巧U盘。

嗯？U盘？

幸运密码是U盘？不是数字吗？

白果儿将它拿出来，然后快速抱来笔记本电脑，开机，插U盘，动作一气呵成。

电脑开机后，很快U盘就被识别显示出来，名为"幸运密码"的U盘文件夹出现在了白果儿的电脑里。

搞什么？

她坐直了身子，有些期待地趴到电脑跟前，点开名叫"幸运密码"的U盘文件夹。

咦？居然……是一段音频？这真的让她太意外了！到底是什么？

白果儿竖起耳朵，点开音频，然后将声音开大……

一分钟的时间在静悄悄中流逝。

哈？是她声音开得太小吗？

疑惑中她又将声音开到最大，原本就凑到电脑旁边的耳朵几乎贴上了电脑自带的音响处。

终于，又过了十几秒，音响处有了细微的响动——而后，低沉而富有磁性的少年嗓音宛若天籁般响起……

"Do you think, because I am poor, obscure, plain, and little, I am soulless and heartless? You think wrong! I have as much soul as you, and full as much heart! ……"

白果儿的胳膊起了一层鸡皮疙瘩，整个头皮都发麻了。

这……这段是《简·爱》里最经典的对白之一！意思是：你以为我贫穷、低微、不美、渺小，我就没有灵魂、没有心吗？你错了，我和你有一样的灵魂，一样充实的心！

作为一个超级声音痴迷者，白果儿从来没有听到过这样只凭一句台词就能轻易让人沉沦其中的声音。

音频中的这个声音的主人——这个少年，他天生拥有一副好嗓子啊。这种声音不做主播，不做配音，简直太浪费了。

啊啊啊——

这个声音简直太完美了。

白果儿激动得几乎想要尖叫，她抱住电脑把耳朵彻底贴上去，想要听到更多的好声音……

"咳咳咳！"突然，由于开了最大音量，震耳欲聋的声音冷不防地在她耳边炸开。

白果儿吓了一跳，瞬间离开电脑。

"幸运的幸运密码获得者，恭喜你，不知道这段音频你还喜欢吗？

幸运的公主——找到这段音频的主人，录下相同的音频完成破译，你将
会获得萌物便利店友情提供的珍贵的超级真爱指南。特别提醒，仔细观
察身边的人，音频的主人会是你认识的人。"

一段经过变声处理的声音结束，这个音频文件彻底播放完毕。

白果儿目瞪口呆，久久回不过神来。

先是极品声音念出来的《简·爱》经典台词，紧接着又是变了声的
声音要求她找到这段音频的主人……

老天，为什么拿到了幸运密码还要完成任务啊？

但是，这个声音！这个声音！突然，白果儿从地上弹了起来，整张
脸因为激动涨得通红——她决定了！她一定要找到这段音频的主人！

话说回来，这个幸运密码也太神奇了吧？就像是为她特意准备的一
样，居然是一段让她欲罢不能的极品声音。

真的是为她设计的吗？白果儿傻乎乎地抱着电脑笑着。

心意已决，她像是打了鸡血似的，开始斗志昂扬地仔细研究那个巧
克力盒——还有没有其他线索？

白果儿仔细翻看着盒子，果然，将第二层的塑料壳拿起来，下面还
有一张折叠卡片。

白果儿立刻将卡片掏出来翻开，发现一个超薄型迷你录音笔样子的
东西贴在上面。

嗯？这是做什么的？

她好奇地看向卡片，发现上面第一行写了一行数字。从第二行开始，漂亮的字跃然于纸上——

你好，亲爱的幸运密码获得者，以上是萌物便利店的内线电话，有任何关于幸运密码的疑惑请不必客气，拨打电话向我们寻求帮助，我们将耐心地给予解答。预祝早日破获幸运密码！（PS.附在本卡片背面的是获得幸运密码的工具，找到任务音频的主人后按下录音键，系统识别完成后将打开声音锁，你将得到幸运密码特别提供的"真爱指南"。）

看完全部内容，白果儿二话不说拿起自己的手机，按照卡片上面写的数字一个一个输入，然后拨通。

"喂？谁啊？"

半分钟后，就在她快要挂断的前一刻，听筒里忽然传出一个有些不耐烦的少年嗓音。

"呃——"愣了愣，白果儿紧张地攥紧手机："你好，我是白果儿，那个……就是前几天抽到这期幸运密码的人……"

"哦，有事吗？"那边继续不耐烦地问道。

"呃……我想问一下这段音频是谁录的？拜托，我真的超想知道，幸运密码什么的，我其实不是很在意……我只是想找到这个音频的主人而已！"

"什么？你想让我告诉你？开什么玩笑，那是你要完成的任务好吗？如果能直接告诉你的话，我们还费那么多心思做什么？你以为我想费那么多事吗？我也是被逼的好吗？你要自己去找到音频主人。不在意幸运密码你参加活动做什么？"

对面一连串机关枪似的问题呛得白果儿不知道说什么好："不是的！这个东西我拿到是个意外！是因为——"

"不需要向我解释，还有其他事吗？没事我挂了。"听筒那边的人显然不耐烦到了极点，完全不像是卡片上写的什么"我们将耐心地给予解答"。

"没事了……不好意思打扰了……"

"哦。"对面的人二话不说就将电话挂断了。

白果儿无语地看着自己的手机。

不过，话说回来，那个人好像说了"我们费那么多心思"，这是什么意思？

还没等她细想，忽然间，铃声响起打断了她的思路，那个电话号码又出现在屏幕上。

咦？怎么又打回来了？难道改变了主意决定还是告诉她吗？白果儿急忙滑动屏幕上的按键接听："喂？你好！"

"您好，尊敬的客人。"一个华丽并且富有磁性的少年嗓音带着礼

貌的笑意从听筒那头传来，很显然，跟刚才的并不是同一人，"这里是萌物便利店，很抱歉又打扰到您。刚才接听您咨询电话的人是我的同事，我也是这里的店员。我的同事刚才忘记告诉您一个关于本店幸运密码活动的重要事项，请允许我再次为您补充——本店规定：凡得到幸运密码的人，不得向幸运密码正确匹配对象之外的任何人透露该幸运密码的内容。如若违反，立即取消资格。所以，您只能想办法用自己的方式去寻找。"

一番话说得十分温柔，搭配着他华丽的音色，令人不由得为之着迷——可惜，这个声音并不是白果儿所爱的那种。

不要小看她们声音痴迷者，就像追星一样，每个人都有不同的喜欢类型……

回想了一遍他刚才说的话，白果儿问道："啊……也就是说，我不能跟任何人说我得到的幸运密码任务是什么，内容是什么，对吧？"

"对的。"

"那最好的朋友呢？"

"如果您能保证只告诉一个人，并且对方绝对不会外泄，那我们可以为您放宽要求。"

"我明白了！谢谢了！"

"不必客气，期待您的再次来电，萌物便利店全体员工祝您好运，再见！"

"啊……谢谢！"电话再一次挂断。

呃，怎么说呢？虽然第二次打来电话的人非常有礼貌，但她还是觉得怪怪的——那家店真是奇怪，不止那个副店长叶樱很神秘，其他的店员更是怪人。

白果儿撇了撇嘴，然后宝贝似的攒着那支相当高科技的"超薄迷你录音笔"，幸福地仰倒在床上。

从明天开始，她就要努力寻找那段音频的主人了！极品声音啊！她一定会成功的！

对了，先告诉韩韩这件大事情！


5


傍晚的校园总是比白日多了几分惬意，落日的余晖淡淡洒下，映照着两旁亮起的暖黄色路灯，柔和地将走在校园长廊中的少男少女们的影子拉得很长。

周三的六点档，一如往常是白果儿的节目。

由于幸运密码的关系，她的节目最近两周收听率和关注度直线上升，一跃进入院广播台人气前三名的位置。

所以，她最近几期节目都准备得更加认真了！如果她的节目一直表现这样好，说不定会增加播出次数，变成每天都可以播呢！

从六点到六点半，她的节目总是准时开始，准时结束，整个过程的节奏掌控得非常好，清脆甜美的嗓音透过话筒将各种不同的故事向大家徐徐道来。

这，是她白果儿最喜欢的事。

虽然她没有一张漂亮的脸也没有魔鬼身材，甚至没有什么值得一提的优点和特长……但是，她热爱她的广播节目，她因为节目感觉很快乐，很满足！所以，她喜欢将自己的这份快乐，通过声音和故事传递给更多的听众……

"……好啦，今天的故事就讲到这里了，感谢大家收听今天的'圣亚故事汇'，我是主播白果儿，祝大家有个美好的傍晚，我们下次节目再见。"

白果儿关掉话筒并且将背景音乐推高的同时，外面广播站的门被来人推开。

一抹高挑挺拔的身影出现在门口——整洁的学院制服在他身上显得十分笔挺，扣子一丝不苟地扣着，胸口处一枚别致的星星图案的银制胸针和他袖口的几枚精致袖扣不经意间显露出他的优雅和格调，有着几乎不属于少年的成熟气质。

他像是在外面耐心等到她广播结束一样，适时地出现，温文尔雅地微笑着，无框眼镜下那张英俊清秀的面容不经意间撩动人心神。

他站在门口，朝她挥了挥手。

白果儿一愣，惊讶极了，连忙收拾好东西背上书包小跑到门口。

他比她高很多，含笑着低头看她，就像是一个令人尊敬的长辈。

白果儿抬头看着他，小心翼翼地调整自己的表情不至于让内心的崇拜之情太过明显……

她该怎么称呼他呢？每次都有点不知所措——全优生前辈、广播站站长、院文艺部长……他身上的头衔太多了，每一个都让她崇拜，以至于一时不知道该叫什么……

"……学长好！"像以前一样，白果儿最终还是决定叫一个最简单的称呼。记得刚刚入学不久，内向的她一门心思想要进入广播站，最后破格接纳她的就是眼前的这个人——夏慕辰学长。

可以说，夏慕辰是帮助她接近梦想的人，正因为有他的存在，才指引着她走上这条播音的路。所以她一直很感激他，也很崇拜夏学长，希望有朝一日也能够成为夏学长这样的人。

"果儿好。"夏慕辰微微笑着，还是那样温柔。

　　要知道，当年夏学长还在主持广播节目的时候，曾经创造过很多奇迹般的收听记录，甚至一度在全市都有很高的关注度！可惜，后来他出任院文艺部部长和广播站站长，就不亲自做广播节目了……而且，夏学长总是神龙见首不见尾的，她几个月都不一定能见到他一次！

　　"学长，是不是有什么事要交代给我？"白果儿站得特别直，生怕在自己偶像面前显得有一丝一毫不尊敬。

　　夏慕辰温柔笑着，伸手推了推他高挺鼻梁上的无框眼镜："你一直表现得都很好，果儿。广播站的情况，副站长每周都有向我报告，你的节目我也听过几次。今天刚好有事留在学校，出来时听到你的广播，就过来看看……最近的收听率直线上升呢，果儿，你做得很棒。"

　　"啊……没有没有！学长别夸我了，我还差得远呢……"

　　被偶像当面夸了，白果儿满脸通红只觉得幸福来得太突然，有种头重脚轻的感觉。而且，夏学长的声音还是那么好听……

　　看她手足无措的紧张样子，夏慕辰脸上的笑意更加浓了。这个女孩他从一开始就很看好，他看得出来，她是真心喜欢这件事的——就像当年的他一样。

　　所以，即使是一向与旁人比较疏离的他也会不经意间对这个女孩多几分关注。

　　"果儿，我听说了你最近的事，不要被别人影响，专心做好节目，

我很看好你的，知道了吗？"

"知、知道了！"白果儿几乎要怀疑自己的耳朵，心激动到差点从嗓子眼里蹦出来。

她没听错吧？她的偶像，居然特意来鼓励她、关心她？还亲口说很看好她？

幸福的大馅饼瞬间把她砸得七荤八素，白果儿涨红了脸，义正词严地抬起头朝他表态："学长你放心！我一定会努力的！绝对不辜负学长对我的信任！"

几分钟后，看着夏慕辰渐渐走远的高挑背影，白果儿依然满脸傻笑地站在原地。

好幸福……

咦！等等——

脑袋里一个想法突然间闪出来。

仔细想想……幸运密码不是有提示说那段神秘音频的主人是她身边认识的人吗？

会不会，就是夏学长？

虽然她从来没有听过夏学长念英文台词……

但是，如果是夏慕辰学长的话，能够念出神秘音频里那样感染人心的程度也是理所当然的啊！

　　这个念头的出现，让白果儿的一颗少女心顿时像是要开锅的爆米花一样，剧烈地跳了起来。

# 第三章

## 奇袭王子学长A计划

1

"什么？你再说一次？"

尖锐的女高音打破了林荫长廊的宁静唯美，惊飞了两旁树梢端坐着的无辜小鸟们。还好学院后廊这里午休时没有多少人在，否则毫无疑问地又要被围观了。

"你别吼呀，突然那么大声，吓我一跳。"

韩韩完全没有对自己刚刚发出的高分贝噪音有一丝一毫在意，只是活见鬼似的瞪着面前的人："白果儿，你疯了？你知道自己刚才说了什么吗？"

午后的林荫间，阳光顺着缝隙落下，像是点点的美丽水晶一般动人。阳光下的少女涨红着一张圆润的脸蛋，映着那可爱的丸子头和黑溜溜的眼睛，越发显得生动可爱，浑身散发着专属于青春的美好气息。

白果儿被她瞪得底气不足，但还是鼓起勇气把自己刚才的话重复了一次。

"你不是说幸运密码这个东西很不可思议，让我不要小看，要引起重视吗？我现在就重视起来了嘛，所以才决定把夏学长确立为头号目标对象进行考察的。你别吼我了……"

"夏慕辰！"她的话音还没落，韩韩已经再一次扯着嗓子叫了起来。这个名字无比清晰地传了出去，刹那间，远处有几个人的视线唰地往这边扫来。

白果儿一跃而起，从长廊座椅上弹起来，死死捂住自家闺蜜的嘴："你突然那么大声喊学长的名字干什么？"

"唔唔唔——"韩韩手脚并用，努力地挣扎着，一对美眸此时此刻瞪得浑圆，几乎和白果儿那双圆溜溜的眼睛有得一拼了。

"我松手之后，你要好好说话，不许再大声吼了，尤其不能大声喊学长名字。"白果儿低声说道，手下的人猛点头表示愿意配合。

无奈地叹了一口气，白果儿白了她一眼，松开手重新坐回去，端起刚刚丢在椅子上的饭盒继续默默扒饭吃。

重新得到自由的幕韩一动不动地站在她面前，就像是被点了穴一般，一双美眸滴溜溜地转，瞪着她看了好久。

终于，她想了想，坐到白果儿身边，凑近那张肉嘟嘟的小圆脸："果儿，你不会是认真的吧？那可是夏慕辰啊，学院里的风云人物。你准备把他当成第一目标？为什么？你喜欢他？什么时候开始的？我怎么

不知道？"

连珠炮似的问题一股脑儿在她耳边炸开，白果儿有点哭笑不得。

"我没有啊。"

"还说没有，那你干吗突然发神经要把夏慕辰当成目标？"

"声音，是声音。我不是跟你说了吗？是幸运密码的任务，也给你听过了。你还瞎说什么喜欢不喜欢的……我是真的想知道那段音频是谁录的，那个人绝对是未来的声音大咖。"

午时的阳光落在少女白皙红润的脸上，像是染了一层胭脂。伴随着说话声，那双圆溜溜黑亮亮的眼中透出一抹令人心动的向往之色，粉嘟嘟的嘴也跟着翘起了一道弧度，无论是谁都能看出少女的期待。

幕韩静静地盯了她一会儿，忽然表情一变，无比热情地伸手勾住了她的脖子："果儿，你难道不知道，所有人疯了一样想要得到幸运密码的最重要的原因是为了得到'爱'吗？爱，懂吗？"

"懂啊，"白果儿点了点头："心之所向，就是爱啊。我对声音的爱也是不容置疑的！"

"笨蛋，那叫什么爱？所谓的'爱'，当然要找到喜欢的人了，不然你以为那么多人想得到幸运密码是为了什么？要我说，很有可能喜欢的人就是幸运密码的答案，而答案就是你的真爱呢。"韩韩对自家闺蜜的回答不屑一顾，继续慷慨激昂地发表自己的看法，"这个夏慕辰，简直就是全优王子啊，多少女生拜倒在他校服裤下了。白果儿，我倒确实

是没想到，你居然敢把夏慕辰列为目标？出乎意料，不愧是我幕韩最好的朋友——不选则已，一选惊人！孺子可教，不枉费我平日里对你苦心栽培。"

"我都说了不是这样……"

不容她再解释，韩韩一把勾住她的肩膀："好了，总而言之，既然把夏慕辰列为目标了，那就好好大干一场吧。放心，我绝对会全力支持你，这个幸运密码的神奇之处，我一定要好好见识见识。"

眼看自己最好的朋友表达了立场，白果儿顿时激动起来，满腔热血再一次沸腾："韩韩，夏学长真的是太优秀了，而且他的声音超好听，听说在校外还被人挖去做过配音演员呢。我觉得，很有可能那段音频就是出自夏学长！我绝对要找到那段音频的主人，那道声音简直就是触动心灵的声音，只要有一点点机会，我一定要找出这个人究竟是谁，亲眼看一看他。"

提起夏学长，白果儿眼中又浮现出了之前见到他时，对方的温柔模样。她一双圆溜溜的眼睛不自觉地眯起来，笑成了两道弯弯的小月牙，满满的崇拜之色："韩韩，话说回来，不光是声音好听，夏学长也真的很帅啊……你都不知道，每次看到夏学长，我都觉得我的心脏快要蹦出喉咙了。"

"噗！"身后冷不防地突然响起一声喷水声，白果儿的后背随即湿了一片。

　　然后，一连串格外熟悉并且令人牙痒痒的爆笑声无比嚣张的响起：
"我这是听到了什么？真要笑死人了，这里有只胖兔子大中午的犯花痴,哈哈哈……"

　　不用回头，她已经猜到了这个欠揍的家伙是谁。

　　白果儿跟旁边的韩韩一起回过头，几个穿着松松垮垮校服的男生正站在她们身后树荫旁。

　　为首那个呲着两排大白牙捧腹大笑的非主流少年，不是那位大名鼎鼎的混世魔王裴子洛还是谁？

　　"你们是从哪里蹦出来的？"韩韩吃惊地问道，明明刚刚这里都没有人。

　　那几个跟在旁边的少年们一看眼前的人竟然是自己学院的校花，当即兴奋起来，抢着回答，生怕自己不能在第一时间引起这位大美女的关注："这里有个门，我们从这里抄近路过来的。"他们一边说着，一边邀功似的把那些低低垂下来的枝芽们以及花花草草拨到一旁——半个人高的洞口凭空出现，惊得白果儿和幕韩目瞪口呆。

　　这……这里居然……有个洞……

　　"哈哈哈——我真的要被你打败了！你真的每一次都能逗死我……喂，你们听到没有？这只胖兔子在思春呢。"裴子洛爆笑道，然后开始毫不客气地戏弄她，尖起嗓子学她说话，"人家觉得夏学长好帅呢！人家的夏学长声音好好听哦！噗！哈哈哈——"说着，他再一次前仰后合地爆笑起来。

白果儿的脸迅速涨红起来，一路红到耳朵根。

"裴子洛，你闭嘴！"

中气十足的一声怒吼并没有震慑住那个顶着五颜六色爆炸头的家伙，他继续气她："胖兔子生气了？人家好怕怕。干吗？你自己说出来的话，还不许别人学吗？"

脸红得几乎能滴出血来，白果儿全身的血又冲上了头："你住口，我哪一句是用像你这样口气说的了？"

这个可恶的家伙，为什么总能轻而易举地把她气死。

她有个偶像很奇怪吗？她不能有个崇拜的偶像吗？明明是那么认真说的话，怎么一跑到裴子洛的口中就变得那么奇怪？

"哪一句？你这是要我再重复一遍的意思吗？好的好的，没问题——哎呀，我白果儿觉得夏慕辰学长好帅呢！夏慕辰声音……"

"闭嘴！"白果儿气急败坏地再一次发出更大声的怒吼，恨不得扑过去掐断他的脖子。

"是你要求的，干吗又吼我？胖兔子，你可真是不好相处。"他耸了耸肩，口气无辜极了，似乎她才是那个欺负人的家伙。

"你才不好相处！你全家都不好相处！你们所有人都不好相处！"

"果、果儿……"事情发生得太过突然，一旁的韩韩完全搞不懂状况了。

看着那边赫赫有名甚至全校人都不敢招惹的混世魔王，她忍不住冒了一身冷汗，小心翼翼地扯了扯自家闺蜜的袖子。

只可惜，眼下，白果儿已经被气得像一只发怒的狮子，根本感觉不到她的提醒。

"你们快听，胖兔子不止说我，还说你们不好相处呢。"裴子洛依然咧着嘴无比嚣张地笑着，继续火上浇油，"好凶啊，真不愧是推倒庆和那个废物的人，都说兔子急了也会咬人，胖兔子，你会咬人吗？"

"你！我警告你，我有名有姓，我叫白果儿！你不要乱起外号！"

"不是外号，你就是胖兔子呀。胖兔子！胖兔子！胖兔子！"

"你！你是混世魔王，大魔王！"

"胖兔子！白果儿是胖兔子，啦啦啦……"

"闭嘴！你是大魔王！裴子洛是大魔王！"白果儿扯着嗓子吼起来，试图盖过那个可恶到令人牙痒痒的声音。

"胖兔子！"

"大魔王！"

"胖兔子，胖兔子……"

幕韩彻底惊呆了，跟着裴子洛的那几个不良少年也是一脸黑线。两边的人面面相觑，无语地看着两个幼稚的家伙你来我往谁也不让谁。

什么情况？果儿居然敢这样跟那个可怕的裴子洛对着干？别说是可怕的裴子洛了，她认识果儿这么久，从来没看到过白果儿和谁发脾气大声吵架过……

　　幕韩忍不住抬头看了眼湛蓝的天，太阳呢？今天的太阳不会是打西边出来的吧？

　　有生之年，她居然能看到这么不可思议的一幕。真是怪事年年有，今年特别多啊……

<br>

　　　　2

<br><br>

　　白果儿和裴子洛的争吵最后以幕韩强行把果儿拉走结束。当天下午课间的时候，幕韩一个电话告知了白果儿一个重大消息——

　　"白果儿，快点过来，我们班刚上完体育课，我在二号运动场这边看到夏慕辰了。"

　　"好的，我这就过去。"

　　十分钟后，白果儿出现在二号运动场旁边。白皙的脸颊旁边，汗水迎着阳光斑驳点点。

　　"你看。"韩韩伸出纤纤玉手指向不远处那个文质彬彬仿佛天生自带王子气质的少年，"你的白马王子。"

　　"韩韩，你别这么说……"白皙圆润的小脸顿时微微一红，白果儿

定睛看了看，然后皱了皱眉，"夏学长旁边的那两个人是谁呀？"

"体育部长还有院篮球队队长啊，你连这都不知道？他们好歹都算是学校里面数得上名字的风云人物。"

"好吧……学长是不是有事情正在和他们商量啊？我现在过去不太好吧？"

"白果儿，我严肃地告诉你，课间休息只有10分钟，你跑过来花掉了3分钟，说话花掉了2分钟，现在只剩下5分钟了。"韩韩狠狠地瞪了她一眼，然后一把将她推了出去，"你就快去吧，随便问他点什么都行，快去找点存在感。"

被推出去的某人回头看了眼满脸激动给她打气的韩韩，又转头看了看那边挺拔优雅的偶像。

算了，豁出去了！怕什么怕！她只要过去随便说点什么，能和学长搭上话就好了。狠狠心，白果儿一咬牙，抬脚朝那边走了过去。

不过，到底要说点什么呢？

学长好巧呀，你也在这里！

学长，我想请教一下关于播音的事情，就是那个怎么才能让节目有更多听众……

学长，那个，最近因为我的个人原因，闹得帖子底下全是关于这个的内容，给咱们广播站里添麻烦了……

短短的一小段距离，白果儿大脑飞速运转，想了许多搭话的借口。

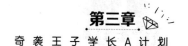
终于，她走到了离她的偶像只有几步之遥的地方。

深呼吸！白果儿，你可以的！现在的一小步，就是迈向成功的一大步！加油！长长地呼出一口气，白果儿屏住呼吸，往前踏了一步……

"那就这么说定了，咱们文体两个部一起办这次活动，慕辰，体育部的人一定全力支持。"那个晒得黝黑的粗狂少年哈哈笑着，和夏慕辰以及篮球队长一同转身向后面的体育部学生干部活动室走去，"走走走，咱们再具体商量商量。"

"夏学……"刚抬起来的手还没来得及挥动，就看到那抹身影渐渐走远了。

一阵风吹过，白果儿石化在原地。

他们好像在急着讨论重要的事情诶，她完全不敢出声叫住学长啊！


又是一节课间。

白果儿的手机准时响了起来。

"喂？果儿，我发动了我的粉丝们做侦查，又发现你家夏慕辰的行踪了。"

你家夏慕辰……白果儿一愣，随即不好意思道："不要这么说，我只是……"

"行了行了，你别磨叽了，赶紧去二号教学楼三楼文艺部第三小组会议室，夏慕辰刚从那里出来。"

"收到！"挂断电话，白果儿以百米冲刺都没有过的速度从自己所在的三号教学楼的二楼冲下去，一口气冲到了二号教学楼三楼。

直到成功以最短的时间冲到了目的地，白果儿才弯下腰撑着自己的膝盖大喘气。

不行了，要死掉了，要她一个从不运动、一百多斤的人这样跑步实在是太要命了……

看了眼手表，这么长一段距离还横跨了不同的教学楼，她只用了五分钟。

可是，学长人呢？

来不及休息，白果儿擦了把脸颊旁的汗，急吼吼地往楼道两边看。

一道高挑挺拔的优雅身影出现在她视线中，她顿时眼前一亮："学……学长！"鼓起勇气喊了一句，前方的人闻声向她这边看过来。

无框眼镜后面，那双如星子般的眼中闪过一抹惊讶："果儿？"

白果儿很激动，朝他挥了挥手。

那人又是一愣，而后像是反应过来她在和他打招呼，笑起来，学着她的样子，向她挥挥手。

下午的阳光柔和了许多，没有那么刺眼，透过窗户，轻轻地洒在那个优雅成熟得很难将他称之为"少年"的男孩身上，画面美好到有些不真实。

柔和的阳光，温柔的少年。

夏慕辰永远是这样，像是一个温文尔雅的王子，又像是一块绝世无瑕的暖玉。

柔和不刺眼，低调不张扬，淡淡散发着不同于常人的内敛气质。

"部长，里面准备好了，我们继续开会吧。"

白果儿刚要开口，他身后的会议室里忽然走出来一个男生无情打断了她进一步的搭讪。

"好。"夏慕辰点点头，随即看向她，又是一笑。然后再一次学她的模样向她挥了挥手，就转身进会议室了。

怎么又是这样！

一口气泄下来，白果儿又累又郁闷，一屁股坐到了地上。

出师不利……出师不利啊。


3


傍晚，七点半的校园被残阳披上了一层淡红色的衣裳，宁静而美丽。白果儿单手托腮，趴在窗台上，百无聊赖地看着远处小树旁那几只玩耍中的小猫。口袋里的电话突然震动起来，白果儿接起："喂？"

"果儿，你还在学校？"

萌物便利店

"对啊，你怎么知道的？"

"在学院，我的眼线还不是遍地都是？我说你呀，这都七点半了，还不回家？真要死等夏慕辰开完会出来吗？"

"对，就是要等，好不容易才决定好了的事，怎么可以在第一天就没有进展。"

听了她的话，电话那头的人忽然没了声音。

"韩韩？"白果儿以为信号断掉了，试探性叫了一声，"喂？还听得到吗？"

"嗯，听得到。我就是觉得很意外，果儿，你一直那么胆小，我以为你只是嘴上说说而已，没想到你还真的敢这样去做……说真的啊，如果是我拿到了这个幸运密码，我都不一定能做到你这样。你呀，上次看到你这么勇敢去做一件事，还是当初竞争进入广播站的时候呢。"

"没办法，我就是太喜欢那个声音了。"

虽然电话那边的人看不到，白果儿还是忍不住吐了吐舌头。

夕阳下，靠着墙壁的少女脸庞生动极了，黑溜溜的圆眼睛在晚霞的映衬下越发显出了几分白日里不曾有过的深邃和美丽。

尽管这个少女并不是多么出色的美女，但不得不说，她有着一双美丽的眼睛。

"好啦，我知道了，那你再等等吧。不过你不要等太晚，八点半之前一定要回家，否则不要怪我打电话向你妈揭发你，大义灭亲，你听到没有？”

"干吗威胁我？"

"就威胁！你听到了没有，白果儿？我是认真的，八点半之前一定要回家。本仙女花了这么多年才把你养得白白胖胖的，可不能让坏人拐跑了。"白白胖胖……对于幕韩这个形容词，白果儿真是无可奈何。

"遵命遵命，我到家给你发信息，放心吧。"挂掉电话放回口袋，白果儿伸了个大大的懒腰。

下一秒，一只手轻轻箍住她往旁边伸展的胳膊，白果儿条件反射地侧头看去，直愣愣地对上了一双黑白分明的大眼睛。

一秒……

两秒……

三秒……

白果儿的脸以肉眼可见的速度涨红起来，这不能怪她，她这个脸又白又圆，稍微有点风吹草动就红得很明显。

"抱、抱歉！我、我妨碍到你走路了吧？"像是被烫到了一般，她快速将手臂收了回来。

而面前的少年微微侧着头，明显是为了躲开她伸懒腰时突然伸出去的手臂。

那双雪亮惊人的大眼睛又盯着她看了几秒，就在她越来越不自然的时候，对方忽而浅浅一笑："是你。"

闻言，白果儿忍不住一呆。

他……还记得她？只有一面之缘，他居然还能这么快认出她？

夕阳下，眼前的少年赫然就是之前在广播室见过一次的游希。本应是自己学弟却因为太过优秀的成绩而跳级升上来和她同级的那个天才，甚至破格当选了院学生会副会长，成为学院的传奇。

尽管游希这么优秀，白果儿却还是觉得眼前的少年浑身带着让人不知不觉放松下来的气场。

他五官的英俊和秀挺虽然出众，却没有咄咄逼人、不可直视的感觉，毫无疑问这为他的优秀增色了不少，每一次他的出现都带着青春和盛夏艳阳的味道。这样的少年，真是可遇而不可求。

"你怎么在这里？还不回家吗？"游希微笑地看着她，脸上既带着属于少年的蓬勃朝气又带着几分尚未完全消失的孩子气，巧妙而和谐地融为一体，让他像是天使。

这样的人，会有缺点吗？

"我——"白果儿一阵心虚，下意识地看了眼那边会议室紧闭的门，声音小得像是蚊子哼哼，"我在等朋友……"

"朋友？"顺着她的视线看过去，游希有些惊讶地问道，"是文艺部的吗？我刚好要进去听一下他们讨论的结果，需要我帮你喊你的朋友出来吗？"

白果儿顿时被吓了一跳，叫她的朋友出来？开什么玩笑！这可绝对不行！

一时紧张，她刚想开口阻止却突然打了一个嗝……

空气瞬间凝固了，她和眼前天使般的少年大眼瞪小眼，不知道该说些什么。

她居然在这位完美并且亲和力爆棚的天才学弟面前打嗝……

"我——"刚张口，又是一个嗝，白果儿恨不得找个地缝扎进去！

可惜，接下来最让她绝望的是——不管她怎样紧咬牙关，这嗝就是很有节奏感地不停地打了起来。

"哈哈。"游希忽然爽朗地笑起来，那双大眼睛越发显得耀眼非常，几乎晃得人心悸，"上次在广播室，我就觉得你是个很有趣的女生。今天再见，果然很可爱。"

"咳咳咳——"白果儿猛烈地咳了起来，不知所措地掩饰着自己红到快要爆炸的脸。

谁来告诉她，她是不是被这个比她年纪还要小一点的天才学弟给撩了？不对、不对、不对，怎么可能！

游希耶，学生会的副会长，品学兼优的天才，他怎么可能会撩她嘛，她真的是电视剧看多了！怎么能这样想游希？简直就是以小人之心度君子之腹……

"我、我先回家了，你们好好开会吧。"

不等他回话，在又一个嗝打出来之前，白果儿已经紧紧捂住了自己的嘴巴，背着书包一路顺着楼梯冲下去，落荒而逃……

不行了，她一个躲在幕后热衷于声音的宅女，真的不适合跟游希这种天生的超级发光体靠太近，会被他的光芒晒死掉的。

白果儿一口气跑出学校，心有余悸地长舒一口气。

太危险了，差一点就暴露了。如果让游希知道她等的人是夏学长的话，不知道要多尴尬了……不对，等等！她不是一直在等学长出来吗？居然就这么跑了……

把学长定为目标的第一天，竟然连一句话都没有跟他说上……

真的是太失败了……


4


自从首战失败之后，白果儿痛定思痛，认认真真花了一周的时间写出了一个十分周密详细的行动计划。

总结来讲，一共分为三大部分——

第一，认真观察夏慕辰学长的日常、摸索他的出现地点和频率，知己知彼；

第二，找出共同话题并深入学习，毕竟学长大人知识渊博，她白果儿一个学渣毫无准备地凑上去肯定会被笑话的；

第三，经常出现在夏学长眼前，刷一刷存在感，以便日后接近他的时候不会显得太突兀。

洋洋洒洒、整整齐齐、满满当当好几页A4纸。

她把计划拿给幕韩看时，幕韩惊讶得合不拢嘴，极其钦佩地拍了拍她的肩膀并且冲她竖起了大拇指："果儿，你真是越来越让我刮目相看了，认真起来了不得啊。小同学，有前途啊有前途！为师，心甚悦、甚慰啊。"

被夸奖后，白果儿一点儿也不谦虚，很是得意地嘿嘿笑了几声。然后就凑了过去，指着之后几页详细的表格："韩韩，我跟你说，这一周以来，据我观察，夏学长绝对是按照这个时间表行动的……至少百分之八十是！"

"真的假的？"韩韩半信半疑地看着她。

不可能吧，就连她的眼线们最多只能偶尔看到夏慕辰出现，果儿她能做到完全"捕捉"夏慕辰的行动规律？

"真的啊，我骗你干吗？"说着，她看了眼表格，随即指了指对面的二号教学楼的大门道，"12点40分，你马上会看到学长从二号楼里走出来。"

"怎么可能这么巧……"韩韩不经意地顺着她指的方向看过去，下一秒，目瞪口呆地看着从对面楼里走出来的那道身影，她揉了揉自己的

眼睛，然后张大了嘴巴。

"服了没？"看到自己的好朋友露出这副表情，白果儿得意地凑近她，挑起眉毛，"并不是巧合哦，我是算准了他会这时候出现，所以带你来这里说话，顺便证明给你看。"

"白果儿。"韩韩转过身来，双手搭上她圆润的肩膀，"太神奇了啊，这是怎么做到的？我真是心服口服了，夏慕辰的行动居然被你摸得透透的！"

"那是，我白果儿是谁呀！"一改往日的内向，白果儿开心地笑起来，嘴角和眼睛都是弯弯的。阳光下，她白白的皮肤显得晶莹剔透，整个人此刻看上去竟有种说不出的甜美。

韩韩定定地看了她一会儿，眼中滑过一丝欣慰，也跟着笑起来："是是是，你最厉害了好不好？我们果儿最棒。"说着，还摆起架势给她鼓起了掌。

虽然是开玩笑的样子，但韩韩这一刻是发自内心为她鼓掌的。果儿一直就是这样，对于自己喜欢并且决定好的事，就会义无反顾地认真对待。

没想到，因为这掌声，周围顿时有不少视线被吸引了过来，看到白果儿，那些视线立刻变得不那么友善。

随之而来的，还有那些窃窃私语。

"喂，你们看，又是那个白果儿……"

"自从拿了那个幸运密码，她就老在学校里晃来晃去，以前也没这么频繁地看到她。"

"话也不能这说，我看她不是现在才开始晃来晃去，是你们以前都没关注过学校里有这号人吧？现在关注了，所以才会觉得她出现的频率高了。"

"可是你看她得意的样子，她那种人，就只能给校花当小跟班了，就算得到了幸运密码，又能怎么样？"

她还没怎么样，旁边的幕韩脸色唰的变了。

"等等，你们几个，在那边乱说什么？"

糟了……白果儿心里暗道不妙。眼看着那张美丽的巴掌小脸沉了下来，幕韩似乎就要冲过去，她赶紧扑上去抱住她的胳膊："好了，韩韩，就让她们说去吧……被她们说几句我又不会掉肉，咱们别因为这个生气。"

要知道，一开始的那几天，一向被称为氧气美女的韩韩因为这种情况甚至三番两次不顾形象地跟那些乱说话的女生吵架——也正因此，还被教导主任训了好几次。绝对不能再让韩韩和其他同学有争执了，不然恐怕就要被请家长了……

一边安抚她，一边拖着她往楼下走，白果儿凑到她耳边小声说："韩韩，学长他马上会路过咱们教学楼的楼下，你陪我一起去打招呼啦，别在这边耽误时间。"终于，白果儿一番劝说后，成功地把韩韩拖

下了楼。

"白果儿，你不是骗我的吧？那些说闲话的人，真应该好好和她们理论理论。"

"当然不是骗你的……"正说着，远远看到一抹身影，白果儿如释重负，"你快看，学长往这边走过来了吧。"

韩韩闻言，随即成功被转移了注意力。

"我的天，居然真来了，果儿，可真有你的。"

紧紧盯着那个身影一步一步靠近，白果儿有些紧张地做了几次深呼吸："你干吗？"

"我要准备和学长打招呼了。按照计划，首先我要多说话，多刷存在感。"


5


白果儿屏住呼吸，调整好表情，抬起手准备做出打招呼的姿势："学长——"

"哟，胖兔子。"忽然，一堵人墙从天而降，正好挡住了她的视线。她顿时僵在原地，嘴角忍不住有些抽搐。

"我们好有缘分啊，又碰到了。"那个欠扁又嚣张的声音明显夹带着隐忍的笑意，"哎呀，不好意思，你刚刚是不是要和谁打招呼啊？"

说着，他夸张地回过头去左顾右盼——而此刻，她已经错过了和夏学长打招呼的最佳时机……那抹高挑优雅的身影已经和她们擦肩而过走向了下一座教学楼。

"哦，原来是——"裴子洛故意拖了个长长的尾音，然后俯下身来靠近还在石化中的某个人，"不好意思哦，我刚才没有注意，是不是影响到你了？"

守在一旁的幕韩先一步从惊讶和无语中回过神来，小心翼翼地将手中的果汁塞到自家闺蜜的手中，用小得不能再小的声音提醒她："喝水，喝水，果儿啊，千万别生气……"

眼前的人可是学院出了名的问题学生、混世魔王啊！虽然不知道上次是什么情况，两个人居然那样你来我往地斗嘴，但是，说不定他上次只是心情不错呢？这次可不能掉以轻心。激怒这种可怕的不良少年，绝对不是一件值得的事……

白果儿始终没出声，只是胸腔剧烈起伏着，在拼命克制着怒意。说实话，刚才听到那些闲言碎语本来心情就不太好，现在又突然看到这个可恶的家伙，怒气快要冲破天际了。

可惜，眼前的家伙似乎没看到一般，蔷薇般的薄唇弯出一道张扬又惹眼的弧度，大咧咧地露着那两排洁白整齐的牙——尽管他大笑起来脸

颊两旁会有两个深深的酒窝，但是，绝对不会有人觉得这个染着一头杂毛的非主流混世魔王有一丝一毫的可爱之处。

"胖兔子，你该不会在跟踪夏慕辰吧？这才几天不见，你已经变成跟踪狂了吗？嗯？胖兔子？我以后是不是该叫你跟踪狂胖兔子了？"

夏慕辰的名字突然从他口中冒出，白果儿一个激灵，几乎是条件反射一般，伸出手想要捂住他的嘴巴。然而身高差距太过悬殊，裴子洛只是站直了身子，就让她扑了个空。

"裴子洛——"白果儿气到几乎头顶冒烟，从牙缝里一字一字挤出他的大名。

"恩，怎么了，跟踪狂胖兔子？"他仰着头，嚣张地冲她龇着牙乐。在那副有着浅黄色镜片的墨镜的遮挡下，她看不清他的眼睛。

"你不要太过分！少在这里胡说八道。"

白果儿突然抬起腿来狠狠踢了裴子洛的小腿一脚，然后看也不看那个中招后疼得倒抽了一口气的家伙，转身就走。

常年跟在裴子洛身后的几个人惊呆了，连幕韩也快被吓傻了……没搞错吧？胆小的果儿居然敢踢那个连恶霸都不敢轻易招惹的混世魔王裴子洛！

老天啊，这么一对比，她觉得他们还是像之前那样你来我往的斗嘴吵架比较好……

咽了口口水，幕韩小心地观察着裴子洛的举动，打定了主意如果他要是还手，她就算是豁出去了也不能眼睁睁看果儿挨揍。

好在，他脸上除了吃痛和不敢相信外，倒没有什么暴怒的表情……这有点奇怪，不是吗？她所知道的裴子洛可不是这么好说话的人，如果有人敢动他一根手指，裴子洛绝对是二话不说就要教训对方一顿。

"喂！"裴子洛扯着脖子冲那个圆润的背影喊，然而对方无动于衷，继续怒气冲冲地往前走。

"胖兔子！你站住！踢了人就走吗？喂！"眼看着她越走越远，裴子洛暗暗在心里咒骂了一句，他疼得龇牙咧嘴，却还是一瘸一拐地追了上去，吼道，"喂，胖兔子，老子让你站住，你没听到吗？你把我的腿都踢断了……"

"别——"追上来的幕韩来不及开口，裴子洛就已经伸出了手，抓住了白果儿整整齐齐扎在脑袋上的可爱丸子头。

而后，几个人都是一愣——

因为，他并没有抓住她的丸子头，而是一不小心把上面的头绳揪了下来。

众目睽睽之下，泼墨般的及腰长发就这么披散了下来，在阳光的照射下，仿佛是一幅流动的水墨画。

幕韩心里顿时咯噔一下。完蛋了！从小到大，果儿最讨厌别人揪她的头发了，何况还是将她好好扎起来的长发揪得散开了……裴子洛的手上拿着头绳，看着少女长发及腰的背影，整个人呆住了。

时间就像是被按了暂定键一样，仿佛过了一个世纪那么久，长发少女才一点一点地转回身来，迎着正午的阳光，那双圆溜溜的眼睛涨得通红，甚至能清晰地看到里面蒙上了一层盈盈的水雾。

原本就白嫩的娃娃脸此刻更是苍白，而嘴唇却被她自己咬到泛红。眼前红着眼眶满脸怒容的少女，竟让裴子洛忍不住愣在了原地，像是被施了定身术一样一动不动——只可惜，碍于那个浅黄色的镜片，所有人都无法看到他的眼神，从而也无法知道他此刻的真实情绪……

"裴子洛，你太过分了，"眼前的少女终于开了口，一字一顿，"去死吧！"

手起，声落，一杯果汁完完全全泼在了他脸上。周围顿时响起一片抽气声。

紧接着那只空杯子也被她狠狠扔在裴子洛身上，白果儿再也忍不住，眼泪夺眶而出，转身就跑。

"果儿——"幕韩紧张地喊了一声，刚想追上去，忽然，余光扫到了满脸狼狈却依然一动不动的人。呃，白果儿这家伙真的是太大胆了，她还是帮她说几句缓和的话比较重要……

快速在心里盘算了一下，幕韩硬着头皮小心翼翼地看向那位平时令人闻风丧胆，此刻却一脸狼狈的人："那、那个……你还好吗？"

对方看也没看她一眼，好似成了一座石像。

"咯……我是果儿的好朋友……她不是故意的，希望你不要生气……她从小就不喜欢别人揪她头发……"声音越说越小，幕韩清清楚楚地看到在他身后，他那几个"跟班"正在拼命朝她一边摆手一边挤眉弄眼，示意她快走。

幕韩当机立断地最后看了裴子洛一眼，说道："总之，真是抱歉，我替果儿向你道歉！没、没什么事的话我先走了，不知道那丫头跑到哪里去了……"

# 第四章

## 樱桃少女的超速绯闻

1

在五号教学楼后面，有一个鲜有人烟的地方。那里，是学院被忽略掉的后花园，几乎已经荒废掉了。

花圃早已一片狼藉，唯独一棵参天大树依然生机盎然地享受着阳光和温暖。随微风轻轻摇摆的树梢低垂下来，中间夹杂着几朵并不起眼的小花，阳光透过树叶间的缝隙落到地上，像是洒了一层璀璨的碎钻。

四周安静极了，与校园内其他地方的喧闹相比，这里仿佛是不同的世界。

"混蛋、混蛋……"抱着膝盖靠坐在大树底下，白果儿一边吸着鼻子掉眼泪，一边恶狠狠地揪着掉在地上的可怜小花，嘴里还不忘小声咒骂着。

太过分了，那个可恶的不良少年真的太过分了！那样的家伙凭什么在学校里耀武扬威？为什么还没有被开除？如果她是一个魁梧的壮汉，她恨不得一拳把他从学校里打飞出去……真是想不通，她到底是哪里得罪他了？为什么那个家伙总是和她过不去？

这一切都是巧合吗？那她也太倒霉了吧！不过，如果不是她太倒霉了，又怎么会莫名其妙拿到了一个幸运密码？

虽然是一段让她做梦都难忘的拥有超级完美声音的音频……

但是，自从拿到了幸运密码，她的生活都一塌糊涂了。

每天来到学校都要被那么多人指指点点说三道四，更不要说论坛上的那些评论了。

要不是怕韩韩担心，她可能早就天天哭鼻子了。是，她白果儿就是这么没用，她就是个性格内向的人，就喜欢安静做自己喜欢的事情，这又有什么错？

深深吸了一口气，白果儿张大了嘴巴，准备借这个机会好好放声大哭一场。

不管怎么说，难得误打误撞地跑到了一个没有人的地方，就让她好好发泄一下这段时间的不爽吧！

"发怒的小兔子，原来躲在这里啊……"一道清亮好听的少年嗓音忽然响起，恰到好处地打断了本该拔地而起的大哭声。

作为一个对声音十分痴迷的人，只要和对方有过简单的对话，就足够令她在瞬间分辨出对方是谁了。

游希？白果儿一愣，下意识地回过头去。

穿着整齐制服并且带着臂章的少年微微侧着头浅笑着，斑驳的树影在他身上随着树叶的移动而不停变幻着。这样美好的画面，仿佛只应该出现在唯美的漫画里。

可此时此刻，他却出现在了无比狼狈的她面前，面带微笑，用那双好看的眸子望着她。她甚至能从他清澈的眼瞳中看到她自己的身影——那个吃惊瞪大双眼并且涨红了脸的傻傻的女孩。

呆滞过后，白果儿后知后觉地瞬间把嘴巴闭紧，尴尬得不知道该说什么。还好，还好，她还没有号啕大哭……可是，他怎么会在这里？

游希一步步向她走过来，脸上依然是亲和力十足的温暖微笑，轻易就让人在不知不觉间放松了警惕——或者，不如说是没有人会对这样一个美好的少年有任何防备之心。

转眼的工夫，他已经走到她面前，学着她的样子十分随意地坐在大树下，侧头看着她，顺便将手中的纸巾递给她："还在生气吗？"

"没……你怎么知道？"

"刚好路过，看到了你和裴子洛的冲突。"

"谢、谢谢。"白果儿将纸巾接过来，默默擦了擦脸。

谁能告诉她，这位天才副会长学弟怎么会找到这里来？而且，还是这么平易近人？

原谅她实在不知道该用什么更好的词来形容，像这种天生的超级发光体，她实在很不习惯他们的接近。

虽然她最好的朋友韩韩也是一个发光体……但是单纯直率的韩韩完全没有游希身上的那种气场。

"不用客气。"那双黑白分明的大眼睛带着一丝歉意，"没有管好这些问题同学，是我们学生会的失误，让你受委屈了。"

"啊？怎么会！"这话一出，白果儿吃了一惊，连忙摆手说道，"怎么会怪你们呢？老师都拿那种家伙没有办法，怎么也不应该由你来道歉的。"

游希笑了笑，没有再和她纠结这个问题。一时间，两个人谁都没有说话，整个后花园静悄悄的。

阳光落在他好看的侧脸上，落在他的身上，他整个人几乎和这里的景色融为一体，让人不忍心打破这份宁静。

时间一分一秒地过去，白果儿渐渐放松下来，心头那股怒气也在不知不觉中烟消云散了。

"好些了吗？"忽然，游希转过头来看她。如此近的距离下直接面对游希那双黑白分明的大眼睛，实在很容易让人怦然心动。

白果儿下意识攥起裙摆："嗯！没、没事了。"

"呼……"游希长长地舒出一口气。她看到他翘起嘴角笑起来，带着几分少见的腼腆说道："其实我不太擅长安慰女孩子，如果你一直很伤心，我也会不知所措。"

阳光明媚，后花园中的树随微风轻轻晃动着，少女的心轻易就漏掉了节拍。

"我可以叫你果儿吗？"不等她回答，他眨眨那双大眼睛，继续说道："裴子洛这个人，不要说是你我，就连老师那里也很头疼的……以后尽量不要去接触他比较好，如果是他招惹了你，也不用往心里去。毕竟大家都很清楚，那样的同学，实在让人很困扰。"

"没事的，其实，也是我刚才心情不太好，裴子洛也算倒霉……"想到刚才那家伙被自己泼了一脸果汁的狼狈样子，白果儿撇了撇嘴，勉强解释了一下。她刚才确实有点冲动，现在想起来，那家伙没有追上来揍她一顿还真是个奇迹。

"果儿，你很善良。"游希定定看了她一眼，"为裴子洛说话的人，你还是第一个。"

闻言，白果儿有点哭笑不得，看着身边的少年连连摆手："没有，我完全没有替他说话的意思。那家伙虽然确实很招人讨厌，但他今天并没有欺负我，反而是我当时情绪不好，比较冲动。"

"放心吧，学生会这次不会追究他。"稍作停顿后，游希看着她微

# 第四章

## 樱 桃 少 女 的 超 速 绯 闻

笑道，"我见你往这边跑过来，不放心，跟来看一下。"

那双黑眼睛仿佛带着某种魔力，被它注视的时候，会不自觉地陷入其中。白果儿心漏跳了一拍，不自然地别开视线。

"其实，裴子洛曾经不是这样的。"游希抬头看向随微风摆动的树梢，"我和他一样，都是从本校初中部升上来的，那时他是我学长，初中时期的裴子洛是老师眼中品学兼优的好学生。"

"他？品学兼优？"白果儿大吃一惊，她无论如何也没办法把那个混世魔王跟品学兼优这四个字联系到一起。

"嗯，不仅如此，他也曾经被吸收进院广播台，也是院广播台历史上唯一的初中成员。"

白果儿不敢相信地张大了嘴巴，她都怀疑自己是不是出现幻听了？游希在说什么胡话呢？裴子洛！那个混世魔王！他怎么可能还进入过广播站？而且还是初中时期，她们广播站从来不会招入初中生的啊。

"惊讶吧？如果不是亲眼看见，我也不相信。"游希回头看向她，"我听教导主任说起过，裴子洛父母为了让他以优秀的成绩升到本校高中部，向他隐瞒了早已离婚甚至是各自再婚的事情。后来，当他拿着录取通知书告诉父母好消息时，父母却给了他这样的打击。裴子洛不愿意跟着任何一方，他父母没办法，只能留他自己在原来的家里，两个人各自搬去新家了。升入高中后，他就成了现在的样子。"

游希轻轻叹了一口气，似乎透着一丝惋惜："我想，他是觉得这样做能报复父母吧？"

白果儿呆呆地看着他，微张着嘴巴却不知道该说点什么。刚刚才被自己泼了一脸果汁的裴子洛不由自主地浮现在了脑海中……

竟然还有这样的事？如果真的是这样……那个大魔王，可真是一个笨蛋。

用自己的生活来惩罚别人，这是一个多么愚蠢的决定啊。白果儿不自觉地皱起眉心，心下滑过一丝异样。

"果儿？"

回过神来，白果儿掩饰着自己方才一时的失神，"嗯嗯，我都明白，你放心吧，我已经不生气了！谢谢你还特意来安慰我。"

他定定地看了她几秒钟，忽然，灿烂一笑："不客气。"


2


第二天清晨。

当白果儿背着书包走出小区时，发现自家小区门口围了不少人。再走近一看，冷不防地被那个站在晨光中的超级氧气美少女吓了一大跳。

"韩韩？你怎么来了？"她还以为自己看错了，一向爱睡懒觉的韩韩竟然没有提前说一声就一大早守在她家门口等她。这是要做什么？太阳从西边升起来了吗？

韩韩表情有些不自然，看着她，欲言又止。最后，挤出了一个格外勉强的笑："啊？也没什么，就是今天起得挺早，来找你一起上学。"

白果儿奇怪地看了她一眼，懒得拆穿——明明一看就知道是有什么事要跟她说，干吗还遮遮掩掩的？

两人肩并肩往学校方向走，对于她的反常，白果儿倒也没着急问，反正这家伙在她这里一向沉不住气，早晚会跟她说的。

果然，走在她身边的美丽少女不时地小心翼翼地观察着她，还紧张地揪着自己的书包带子。又过了一会儿，终于，美少女忍无可忍，开口道："果儿，你……还没看学院论坛的八卦版块吧？"

什么？八卦版块？她看这个干吗？别说是八卦版块了，最近一段时间就连她的广播帖，她都已经很少看了，反正都是各种诋毁她拿到幸运密码的帖子。

"没有啊，怎么了？"

"没、没怎么……"

"到底怎么了？你别吞吞吐吐的，吊人胃口。"白果儿忍不住翻了

个白眼。这么一个美好的早上，韩韩莫名其妙地出现，又一路欲言又止，实在太可疑了。

"也没什么啦，我就是担心你看到论坛里那些八卦的人胡说八道会生气……"韩韩不放心地往她脸上看。

白果儿一怔，无奈地瞥她一眼："就这事吗？我还以为是什么不得了的事呢。好啦，都这么多天了，不就是诋毁我拿到幸运密码这件事吗？都已经习惯了，不看就好了，之前你不是跟我说过吗？眼不见为净，再说了，论坛上那些留言又不会让我掉肉，没事的。"

说到这里，一个非主流少年的脸忽然在她脑海里一闪而过，她顿时咬牙切齿地补充道："说起来，那个裴子洛才是活生生出现在我眼前惹人讨厌的坏家伙，比论坛帖子让人烦恼多了。"

话虽如此……白果儿又有点不自然地瘪了瘪嘴，虽然那个家伙以前有很不好的经历，但是这也不能掩盖他现在很惹人讨厌的事实！

"是吗？"韩韩一反常态，声音显得有几分没底气。

"是啊，论坛上那些乱七八糟的话只要不去看就不会心烦，但是裴子洛那个家伙不知道什么时候就会突然蹦出来惹人讨厌。不过……"话锋一转，白果儿的思维非常有跳跃性的又想到了另一个少年，语气和表情瞬间缓和下来，"游希真是个好人，明明不关他的事，他却特意来安慰我，作为学生会干部真的可以说是超级负责了。而且，昨天和他接触过才知道，他对待我这种普通同学的态度比我想象中的还要随和！成绩又好，能力又强，既是跳级上来的天才学霸，又是能将很多事情处理得井井有条的学生会副主席……哎，这样的人实在是太优秀了。"

"果儿，你从昨天下午开始就一直重复了很多次了……而且我再说一次，你现在可不是什么'普通同学'，因为幸运密码，你的一举一动不知道有多少人在关注着呢。"不同于昨天的打趣，韩韩一反常态，显得格外心虚，"都怪我，如果之前不是我非要拉你陪我去抽幸运密码，现在就不会有那么多事情了。"

"你吃错药了？大清早的，怎么还突然自我检讨起来了？"白果儿斜着眼睛瞥她，"良心发现？好说，中午请我喝珍珠奶茶。"

韩韩连忙点头，然后又心虚地垂下头去。

一路别扭地走到学校，白果儿对于自家好友今天的反常已经彻底无语了。

踏进校门，她顿时如释重负："好了！你快去教室吧，我也去我班上了，课间休息再说。"

"果儿，" 眼看她一道烟似的跑远，身后的氧气美少女忽然拔高嗓门喊了一句，"如果有任何人敢欺负你，你必须立刻给我打电话，我帮你出气啊。"

"知道啦。"白果儿头也没回地朝身后摆了摆手。

　　早上七点五十，还有十分钟就要上第一节课了。大部分同学们都早已到了学校，宽敞的教学楼走廊很是热闹。

　　告别了欲言又止一早上的韩韩，白果儿脚步轻快地走着，可是，她很快发现，周围所有人的视线都落在了她的身上，打量她的目光比起往常有过之而无不及，几乎都是肆无忌惮地在观察她，甚至还三五成群地议论着，特别大声。

　　"快看啊，她来了。"

　　"她就是二班的那个白果儿？"

　　"可不是，你看她，又胖又丑。"

　　"还扎了个粉色兔子的发带呢，真以为自己是小公主吗？"

　　"哪有这么丑这么胖的小公主啊？不过就是抽到了幸运密码，还以为能飞上枝头变凤凰吗？她也太厚脸皮了。"

　　与平日里的悄悄议论不同，今天，那些七嘴八舌的声音要来得清晰得多——甚至就像是故意说给她听的一般。

　　为什么？这些人眼中的敌意太刺眼了，扎得她浑身上下都难受极了，她根本就没有办法假装看不到。她做错什么了吗？为什么这些人一夜之间突然对她有这样大的敌意？

　　白果儿往前走的每一步都开始变得沉重起来，手紧紧攥起书包带，逼着自己不要去管那些敌意的视线，也不要去在意她们说的那些话。

前段时间不是也偶尔听到过吗？只要她不去在意，这些话也不会对她有什么实质上的影响。而且，关于这一期幸运密码的八卦热度，只要过了这个季度就会过去的。

加油！你可以的！白果儿加油！加……

"嘭——"肩膀冷不防被人重重撞了一下。

白果儿吓了一跳，抬头看去，撞她的是个女生，可是那个女生满脸挑衅，没有半点想道歉的意思，一双眼中敌意满满。

她是故意的。对视的瞬间，这个认知清清楚楚地出现在白果儿脑中。不同于以往的探究、疑惑、八卦和不满，今天的大家对她——是充满敌意的！

肩膀火辣辣的疼，咬了咬嘴唇，白果儿收回视线重新垂下头去，继续往教室的方向走。

"嘭——嘭——嘭——"

三个，五个……

很多的人都"不小心"地在与她擦身而过的时候撞上她的肩膀，有的轻，也有的重。走廊到教室，短短百米的距离，她走得跌跌撞撞，肩膀疼得不行……

不知是靠着哪里来的勇气，白果儿硬是一声不吭地走到了自己教室，没因为那接二连三的影响而停下半步。

"我们做得好像有点太过分了吧？我看她也不一定是故意的……"

"对啊，看她的样子，好可怜。我们是不是误会她了？"

"误会？那她怎么什么话都不说？"

"我是她同学，她一直就这样不善言辞，不能用这个来评判吧？"

"可是真的很让人生气啊！"

身后的议论声越来越远，直到坐回自己的位置，白果儿才稍稍松了一口气，攥着书包带的手早已泛白。

白果儿，别难过，不是说好了吗？不要在意那些人。既然决定了不去在意，那就要坚持住，不要让自己被影响……

盯着自己用力到泛白的手，白果儿自我安慰着，就连她自己也对自己这份突如其来的勇气感到愕然。

是不是最近被裴子洛那个讨厌的家伙传染了厚脸皮？她一向胆小懦弱，今天这样的情况如果放在以前，恐怕她早就情绪崩溃了，肯定会哭着跑回家里不想出来的……

而现在呢？白果儿咬了咬下唇。虽然还是很难受，但是在这之余，还有一股恼怒和努力克制着自己情绪的几分冷静……

"果儿……你……还没看学院论坛的八卦版块吧？"

"哎呀！我、我就是担心你看到论坛里那些八卦女们的胡说八道生气……"突然，清早韩韩小心翼翼问她的话浮上心头。

将书包挂到课桌旁，白果儿拿出手机，趴在桌上打开了学院论坛的八卦版块。

她要弄清楚，到底发生了什么？

3

第二节课后，课间操。

整整十五分钟，白果儿真实深刻地感受到了芒刺在背是一种怎样的感受。

偌大的操场上，各个年级的学生从各个角度向她投来各种各样的目光，有的充满敌意，有的满是鄙夷，还有的是好奇，应有尽有。

一班的韩韩站在她隔壁的队列里，由于身高差距，高挑的韩韩远远站在她们班女生队列的后方，两人完全说不上话。

白果儿低着头死死盯着自己的鞋面，跟着节拍傻呆呆地做着广播体操动作，强迫自己不要在意那些视线。

算了，算了，别在意，不就是看她吗？多一个人看和少一个人看又有什么区别。

萌物便利店

反正自从她拿到了幸运密码之后就已经吸引了很多人的关注了，今天只不过又多了一大批人而已……

有那么一瞬间，她真希望自己能做到像裴子洛那样嚣张，可以抬头挺胸地骂回去。或者像韩韩那样，风风火火地跟那些人对吼。可惜，她既不是裴子洛也不是韩韩，她是腼腆内向的白果儿。

但是这次，她不会逃避，也不会躲起来，她会变得勇敢一点，努力去无视掉那些闲言碎语……她无法控制别人的嘴，但她可以控制自己的心，不要被外界影响。

紧紧咬着嘴唇，白果儿努力给自己加油。突然，腿后的膝盖窝被人顶了一下，她完全没有防备，惊呼了一声后啪地摔倒下去，双膝磕地。

周围立刻爆发出一阵笑声，那些原本都在做广播操的学生们纷纷转头看向她，幸灾乐祸地指点着。

白果儿咬了下嘴唇，扭过头看向身后那个女生："你干什么？"

"不好意思哦，刚才是踢腿动作，你和我的距离太近了。"她耸了耸肩一副无辜的样子，嘴角却分明翘起一道不屑的弧度。

"就是啦，连连不是故意的，我也看到了。"

"太夸张了吧？还摔倒，不过就是轻轻碰了一下。"

白果儿不知所措地看着周围那些围过来对她指指点点七嘴八舌的人，脸色一点一点变得惨白起来。

"喂！你们干什么！快让开！"人群中，韩韩怒不可遏地挤了进来，冲到她身边："果儿，你没事吧？"

就像是溺水的人忽然抓到了浮木，看着蹲在自己身边的女孩那双满是恼怒和担忧的杏眼，白果儿眼眶瞬间泛红。

韩韩来了，她最要好的朋友……

"好了好了，乖啊，咱们不哭。"韩韩一把抱住她，轻轻拍着她的背，"有没有事？先站起来。"

吸了吸鼻子，白果儿被那双温暖纤细的手稳稳扶着，重新站了起来。因为是双膝着地，她的两只膝盖全都擦破了皮。

韩韩那张清透好看的脸上的怒气越烧越旺，秀气的眉毛死死地皱在一起。

"韩韩……"带着鼻音，白果儿叫了她一声。不知为什么，刚才还冷冰冰的充满无助的心忽然变得温暖起来，力量渐渐回到了身体里。

虽然她一直知道韩韩这个朋友对她有多重要，但是，在如今这种情况之下，她更是深深地意识到，能够拥有一个无论什么事都和自己并肩站在一起的好朋友，这是一件多么幸福并且幸运的事啊。

仔细帮她拍掉了身上的土，又帮她整理了一下衣服，韩韩紧紧拉着白果儿冰冷的手，抬起手来直直指向那个满脸得意的女生："你，凭什么踢人？"平日里那双水汪汪晶莹剔透的杏眸瞪得老大，几乎喷火，一

时间盛气凌人。

见到大名鼎鼎的幕韩校花发飙了，刚才还在肆无忌惮吐槽的那一圈人音量顿时降低了下去，而被指的那人也是脸色一僵。

"我……我又不是故意的，你那么凶做什么？"片刻后，那女孩硬着头皮回了韩韩一句。

围在她身边的几个女生你看看我我看看你，然后也紧跟着开了口："就是啊，人家也不是故意的。"

"对啊，大家都看到了，你长得漂亮又怎样？也不能随随便便就对人家那么凶吧？"

"就是，幕韩再漂亮还不是排在校花榜第二名？排第一的可是我们黎雪莉！"

眼看着周围那群人又开始围攻韩韩，白果儿觉得浑身的血都开始往头上冲。如果说刚才她被大家攻击的时候是无助惶恐，那么现在，就是满满的愤怒。

不可以，韩韩是她最好的朋友，她是为了给她出气才冲过来，她怎么能让这些人这样说她？

来不及擦掉刚才流出来的眼泪，白果儿一张圆润的脸涨得通红。深吸一口气，她大声吼道："你们不许说她！"

周围安静了一瞬间，这声怒吼音量太大，站在离她最近位置的韩韩首当其冲被震惊到了。

她家果儿很少发火，但只要一发火，最拿手的就是"狮吼功"。不过，她也是最近才发觉，原来她家果儿的嗓门可以大得这么夸张。

果然老话说得没错，蔫人出豹子，果儿就是个例子，不发飙的时候闷闷的，一发飙就能让人震耳欲聋……

4

"你们说什么都可以，就是不许说韩韩。"白果儿用力吸了一下鼻涕，又用衣袖擦掉了满脸的眼泪。

阳光下，那张圆圆的脸红得像个诱人又可爱的苹果，并不大的圆眼睛此刻瞪得跟铜铃似的，像是恨不得要把眼前的人一口吞下去："韩韩就是最美的，那个黎雪莉四处拉票，你们故意把票都投给黎雪莉了！我……我之前听到过你们说不要投票给韩韩，你们就是嫉妒韩韩。"

"果儿，"韩韩小心翼翼地拉着她的手，贴到她耳边，"虽然我知道你对我是真爱，但是，这个不重要啦。"

不重要？白果儿又狠狠擦了把眼泪，愤怒地瞪着那些大嘴巴的女生

们。怎么不重要？这些人居然敢嘲笑韩韩。

"你、你胡说什么？我们投票给谁是我们的权利，再说人家黎雪莉就是美啊！输了就是输了，第二名就是第二名，凭什么跟我们吼？"

转回头来看向那边发声的女生，韩韩不屑地甩了甩头发挤对回去："呵呵，我就算是第二名，也比你们漂亮一百倍。"

"你。"那个女生又羞又气却一时不知道怎么反驳。紧接着，周围那一圈女生脸色顿时也不好看起来，恼羞成怒地议论起来。

周围的声音一浪高过一浪，白果儿和韩韩两个人手拉手站在舆论的中心，满面怒气却不知该怎么堵住所有人的嘴巴。

"胡说！"一个带着几分粗犷的男声突然出现，在一堆尖细声音中格外突出。

一个长得比大部分同龄人都要高大的男生满脸着急地挤过来，足足比旁边的小女生们高出两三个头，身高目测至少也有一米九了！

他又高又壮，皮肤晒得黝黑，浓眉大眼的，光是身高和体型就让人忍不住望而生畏了……

如果不是穿着学院制服，换作平时走在街上绝对不会有人能猜到这个人还是学生。

周围再一次陷入安静，韩韩一怔："陆斯文？"

白果儿忍不住呛了一下。斯、斯文？眼前的大汉可真是和他的名字

一点儿也不搭调……

这时，令人惊悚的一幕出现了——那男生见韩韩叫他的名字，明明是晒得黑亮的一张脸，居然透出了一丝丝可疑的粉红，白果儿不合时宜地起了一身鸡皮疙瘩。

"女神。"叫陆斯文的高大少年有些害羞地挠了挠头，顿时印证了白果儿的猜想。

"你挤过来干什么？"韩韩脸色不佳。

"女神，我——"刚要开口解释，陆斯文突然转过头看向周围那圈人，收起脸上的笑，"我是来作证的！我个子高视力好，看得清清楚楚，刚才是这个女生故意靠过去一脚踹在她后膝窝的。还有，这几个人都看到了，还跟那个踹人的挤眉弄眼。"大手一挥，他干脆利落地指了指人群中的几个女生。

没想到，他话音刚落，外圈的一众少年们也迫不及待地开始响应起来了。

"没错，我们也都看到了！当我们都是瞎子呢？分明是那个人故意踹她。"

"对，还敢指责我们幕女神，当我们都是不出气儿的呢？"

"幕女神长得漂亮又仗义，我们支持你！"

刚才白果儿和韩韩还被一众女生群起而攻之，可现在，站在后面没

119

挤过来的男生们突然开始声援起来。转眼的工夫，形势大变。

白果儿目瞪口呆地看了眼四周，最后视线定在自家好友身上。她一向知道韩韩长得漂亮招人喜欢，但她没想到居然威力这么大？

不过，刚才这些男生怎么都不吭声？难道是碍于面子谁也不好意思先开口吗？

这么一想，白果儿重新把视线放在眼前那个像一座小山似的站在她们前面的"硬汉"，眼光一闪。

陆斯文？以后有机会一定要好好问问韩韩。

"谢谢。"韩韩低声向前面的人说了一句，表情有些不自然。

高高大大的汉子一秒变扭捏少女："不客气！女神，这、这、这是我应该做的……能帮到你就好，有什么吩咐你尽管使唤我。"

打了个寒战，韩韩无语地转过身去，不再看他。

"喂！你们听到了没有？别以为我不知道你们怎么想的，不就是论坛上的那个匿名的帖子么？我们家果儿和游希在一起的照片，你们看了之后心里不是滋味吧？我现在替果儿澄清一下，是你们想太多了，果儿跟他没有半毛钱关系！告诉你们，再有人敢动白果儿一个指头，我慕韩绝不轻易放过她。"

"支持女神！"

陆斯文又突然冒出一句。

　　四周的少年们纷纷响应："没错，支持女神！"

　　"干什么呢？都干什么呢？"各班老师适时地从群情激愤的人群里出现，恼怒地瞪着自己班的学生："一个个的，都想受处分是不是？有什么事？"

　　所有人顿时闭上嘴不敢吭声。

　　"说啊！因为什么事？"

　　终于，旁边有人小声道："老师，是误会……"

　　"误会？"

　　"是……是的，老师，什么事都没有。"

　　"那就都立刻回到自己位置上去！继续做操，立刻！"


　　5


　　上午的一场闹剧，直接影响了午饭时两个人的胃口。

　　有一搭没一搭地用筷子扒弄着午饭，白果儿一点儿食欲也没有："韩韩。"

　　"怎么了？"旁边的人也是单手托腮，无心吃东西。

"早上那会儿，我看到论坛上的八卦版块了……"

"什么？"身边的人顿时来了精神，"那你怎么不告诉我？我一大早过去找你就是担心你看了之后难受，你还跟我说你没看。"

"那会儿确实还没看啦，是咱们分开走之后，我觉得不太对劲，所以一到教室就看了一下。"

"这样啊……"韩韩讪讪应了一声，小心翼翼地看着她，"果儿，你别难受啊，论坛上那些人都仗着论坛注册发言不是实名制才胡说八道的，她们就是看你和那个在她们眼里闪闪发亮的天才王子走得那么近才不爽的。不过，话说回来，果儿，你知不知道游希和我同班？"

白果儿大吃一惊："不是吧？"

"是啊，很早之前，他刚跳级升上来到我们班的时候我就跟你说过好几次了，你根本没心思听，就知道做你的广播节目。"

是吗？白果儿眨了眨眼。仔细想想，好像还真有这么回事？有段时间韩韩好像确实很兴奋地跟她念叨过有个天才少年跳级升到她们班了之类的。

"这不重要。"韩韩小手一挥，睁大眼睛看她，"重要的是，这个游希确实在学校里人气超高。你都不知道，自从他空降到我们班之后，我们班女生一个个都打扮得花枝招展的。而且，一到课间休息，窗户外面就站满了围观群众，全是来看他的。"

# 第四章
## 樱 桃 少 女 的 超 速 绯 闻

"这么夸张吗？"白果儿喃喃道，脑中不自觉地想起之前在后花园两个人独处时的情况——那张俊秀英气的脸和那双温柔干净的大眼睛顿时浮现在眼前，白果儿的心跳不禁又是一阵加速。

"好吧，确实能理解……"

"我跟你讲，这个人岂止是优秀？简直就是十项全能。长得好看，课业全A，体育全A，又弹得一手好钢琴，我都不知道还有什么是他不会的。这也就罢了，关键是他性格还超级好，低调谦虚又有亲和力，对待同学也十分友好。"韩韩语气夸张地一口气说了一大串，直到最后，她话锋一转，"不过呢，我是绝对不会相信这个世界上真的有这么完美的人的，那也太不真实了，对吧？我的直觉告诉我，这个人绝对不简单！表现得这么完美，一定很善于掩盖真实的一面，只能说，他太会伪装自己了。"

白果儿一愣，忍不住扑哧一声笑起来。

"你笑什么？"

"我说韩韩，你最近是不是侦探片看太多了？瞧你说得一本正经的样子，最后得出来这样一个结论。"

韩韩幽幽地叹了一口气，"毕竟这个游希真的太完美了。果儿，我觉得你以后还是尽量少和他接触吧。他人气这么高，喜欢他的那些女生一人一根手指头都能把你戳死呢！唉，都怪我，偏要拉你去抽幸运密

码，如果不是因为大家对幸运密码太敏感，也不会因为游希和你单独说了几句话就这样敌视你。"

垂下来的睫毛在眼睑下留下一层淡淡的阴影，少女那张清新美丽的脸因为自责黯淡了几分。

白果儿将她此刻的模样看在眼底，默默叹了一口气。她就知道，最近发生的这些事，韩韩心里一定早就内疚死了。

她故意往她身上挤了一下，提高了声音："才不是呢，韩韩，谁让我手气那么好？想抽不到都难。再说了，那段音频简直就是完美，对于我来说，你都不知道那是多么珍贵的礼物！我现在可是视幸运密码为恩人，视那段音频的主人为偶像，谁和我抢我都不高兴呢。"

看着她眉飞色舞的样子，韩韩忍不住被她逗笑了："笨蛋果儿，你还有心情臭美。"

"不过，话说回来……"又想到了那个美好的少年，白果儿有些苦恼，"其实这次反倒算是我给他添麻烦了，游希之前从来没有因为这样的事情上过学院论坛的八卦版块。都是因为我是这期幸运密码的获得者，敏感时期，关注度又高，他好心好意地找过来安慰我，结果居然闹出了这种'绯闻'，我是觉得有点对不起他啦。"

韩韩尴尬地挠了挠脸颊，讪讪道："话是这么说，但是我总觉得事情没有那么简单，他怎么会那么巧找到你？而且怎么那么巧又被人拍到？这世上怎么会有这么多巧合？我反正不信……"

一声长叹，白果儿郁闷地放下筷子，重新盖上饭盒："不管怎么样，这件事闹得沸沸扬扬，肯定也给他造成了很大困扰，我还是找机会跟他道个歉吧。"

突然，韩韩看着前面的某一处，连忙摇自己闺蜜的胳膊："果儿，果儿。"

"怎么了？"

"是游希！"韩韩指着前面，惊讶道，"真是说曹操曹操就到啊，居然一抬头就看到他了。"

白果儿顺着她指的方向看过去。果然，一两百米外，游希正和学生会的几个同学一同往她们这个方向走过来。

与此同时，他也看到了她。正午的阳光下，那张俊秀好看的少年脸庞刹那间露出一个明媚友好的笑容，他向她招了招手。

"我怎么感觉，他跟你打招呼比平时对别人还要热情？"韩韩在旁边闷声闷气地嘀咕了一声，心情复杂得皱起眉："不对劲，真的不太对劲。不过你要是想道个歉，就抓紧，免得自己心里纠结。"

"嗯……"白果儿有点紧张，硬着头皮也向他挥了挥手，然后看着他们一行人朝自己这边走来。

走到她身边的游希又朝她笑了笑，就要继续往前走。说时迟那时快，韩韩一把捅了捅她后腰。瞬间想起正经事，白果儿咬了咬牙，开口叫住他："游……游希。"

少年应声停下脚步，回头看她，那双大眼睛在阳光的辉映下像是两块明亮的宝石。

"果儿，有事吗？"

站在旁边的韩韩当即被呛到了，小声地在她耳边吐槽："果……果儿？他居然这样叫你？我没听错吧？你们有这么熟吗？"

脸一红，看着眼前的少年，白果儿越发觉得内疚起来。暗暗给自己鼓了鼓气，她牙一咬心一横，还是决定要勇敢地面对自己给人家造成的困扰："游希，对不起。因为我的缘故，给你添麻烦了，真的很抱歉。"她认认真真、一脸诚恳地看着他。

风轻轻拂过，吹动少年额间的碎发。

"什么？"站在她几步之遥外的少年脸上闪过了一抹短暂的迷茫，而后像是想起了什么，冲她笑了笑，"果儿，你是说绯闻的事吗？没关系的，那种无聊的东西我不会在意，你也不用在意。"

然后，他就带着那一行人离开了。

"果儿，怎么了？没事吧……"韩韩担心地拉了拉她的手腕。

白果儿呆呆地站在原地，不知道为什么，心里忽然涌起一股很不舒服的酸涩感。

无聊的东西吗？原来，让她如此难堪的一件事，在他眼中却是这么无关紧要，甚至需要特意去想一下才知道她在说什么……

不要在意——虽然平日里她也是这样安慰自己，但心里还是难受的。而这次连累到了别人，她鼓起勇气道歉，没想到却发现对方真的完全没有受到半点影响。

白果儿第一次意识到或许自己真的有一颗"玻璃心"，她需要一再自我提醒不要去在意的事情，游希云淡风轻就可以做到完全屏蔽……这种挫败的感觉，真的很令人沮丧。

"韩韩，我是不是很没用？"

"瞎说！"眼前的女孩目光坚定。

"可是……我真的做不到像游希那样完全不在意别人的说法。"

"拜托！我的傻果儿，他毫不在意是因为被攻击的对象不是他好吗？就因为大家都喜欢他，所以才一直攻击你！他有什么可在意的？"韩韩狠狠摇了摇她，"你是最棒的，如果换了是我被那么多人吐槽，我不一定有你这样坦然面对的勇气。"

白果儿吸了吸鼻子，动容地看着眼前的好友。

"再说了，她们是因为不知道幸运密码的内容，如果是她们拿到这样的密码任务，我就不信她们不需要根据线索一个一个地排查有可能的目标对象，就冲她们对幸运密码的狂热程度，为了破译密码，这些人指不定把整个学校的人都查一遍呢！"

韩韩无比认真地拍了拍她的肩膀，就像是一剂强力定心丸："欲戴皇冠，必承其重！既然获得幸运密码的人是你，那么就承受住这些压力吧。加油，我陪着你！"

# 第五章

大嘴巴魔王“神助攻”

1

还好有韩韩在，接下来的一段难熬日子也变得可以忍受了。

那天过后，虽然论坛上还是各种对她的吐槽，平时在学校里也有不少人指着她窃窃私语……不过还好，没有人再当面给她难堪、故意为难她了。一个星期过去，白果儿也完全平复了心情，不再纠结论坛上的各种八卦消息。

当然……

这也是拜韩韩所赐，这家伙每天都对那些八卦津津乐道还天天跟她这个八卦主角吐槽，听得白果儿耳朵都快起茧子了。时间一长，不由自主地就对这种事免疫了。

白果儿不得不感叹人的适应能力真的很强。

"果儿你看看，真是不得了，现在学院论坛上关于你的八卦热度简直超越了所有话题，好多外校的人也以游客身份来咱们学院的论坛上看帖子呢。这都一个星期了，你上周和游希的那个八卦热度完全没有下降的迹象。"

"知道了，知道了……"

"我看啊，大家现在对你的关注度都快超过对明星的关注度了。"刚吃完午饭在悠闲地散步时，韩韩又开始一边挽着她的胳膊一边兴致勃勃的浏览论坛。

白果儿忍不住翻了个白眼，敷衍地应了两声。对于自己的这位好朋友，她真是一言难尽……长着一张女神的脸，偏偏有一个女神经的脑子，不知道每天都在想什么。

"不过我说你啊，休养生息有一个星期了吧？幸运密码任务是不是应该继续了？难道你打算就这样放弃了？"

"谁说我光休养生息了？"白果儿鄙视地瞥了她一眼，说道，"你也太小看我了，既然已经决定做这件事，我会是那种三天打鱼两天晒网的人吗？"

闻言，韩韩终于把视线从手机屏幕上挪开了，惊讶地看着她："不是吧？这种情况下你都一直在进行？我怎么不知道？"

"那当然了，别的不敢说，我白果儿决定要做一件事就一定会全力以赴。我的座右铭就是——尽人事，听天命！先尽到我最大的努力，至于结果，就随缘不强求。"

韩韩贼兮兮地凑近了她，一通挤眉弄眼："真是厉害了啊，我的果儿，你可不知道，我最喜欢你这一点了。快，跟我说说，你都干吗了？我还以为你这个星期完全都在消沉中呢。"

"才没有，我每天都有坚持去观察学长的行动规律，而且每天至少完成了一次'偶遇'，在学长面前晃了晃，然后还会跟他打招呼，混个眼熟。"

"每天？我居然完全不知道，你真的是厉害了，白果儿，不去做特工可惜了。"

"算了吧，就我这个身手，还有这个体型，还是别给国家机密组织扯后腿了。"

"你少说了一个，还有智商，智商是硬伤。"韩韩笑眯眯地补上了一句。

白果儿再次翻了个白眼。

"果儿，给我尝一口你的冰激凌。"眼看着韩韩突然伸头过来，护食的白果儿想也没想，立刻把手往旁边挪，拒绝道："不要，吃你自己的去……"

"啊。"话还没说完，随着她的动作，韩韩的眼睛忽然睁大，一张清透漂亮的巴掌脸上写满了惊恐和不忍直视。

怎么了？顺着她的视线，白果儿疑惑地往旁边看去。视线所及，是一个花花绿绿无比惹眼的嘻哈T恤以及垂挂在胸前的几串金属挂链。

然后，白果儿看到了自己的手——奇怪了，冰激凌怎么只剩下面的托了？冰激凌球呢？

她下意识地看向了地面，一坨粉白色的东西此刻正可怜兮兮地黏在了一只黑棕色的看起来十分独特炫酷的运动鞋上，形成了一副极其惨烈的画面。

有没有搞错？她不过就是躲了一下，一定要这样倒霉吗？甩掉了冰激凌球不说，还刚刚好落在了路过的人的鞋子上。

怎么办，会不会要赔钱？这只鞋看起来就很贵的样子……白果儿一张脸顿时变得苦哈哈的，欲哭无泪。咽了口口水，她满脸内疚、心虚地抬头："对、对不起！我真的不是故意的！我……"

浅黄色镜片在正午的阳光下反射着光芒，那张蔷薇色薄唇几乎抿成了一条直线。她的声音戛然而止，白果儿脸上的歉意僵在那里，脸色以肉眼可见的速度黑了下来。

"胖、兔、子。"

"裴、子、洛。"

两个人异口同声、咬牙切齿的声音交织在一起。

"又是你！"又惊又怒的声音让白果儿忍不住打了个冷战。

　　终于，她深刻地理解了冤家路窄这个成语究竟是什么意思。

　　她们这么大一个学院，学院里那么多的老师同学，她就甩掉了这么一个冰激凌球，这个冰激凌球就那么小一坨，怎么就这么巧？偏偏掉在了他裴子洛的鞋上？特意跑过来伸脚去接都不一定能接得这么准吧？

　　"你干什么啊？"不知道为什么，白果儿看见他就觉得一股无名火从头发传到脚底板，完全没有半点好心情。

　　眼前足足比她高出一头半的少年立刻动作夸张地把手放在耳边凑近她，随之而来的是她无比熟悉的可恶大嗓门："什么？这句话应该是我来问你才对吧！你还问我？"

　　五颜六色的爆炸头十分惹眼地晃动着，配合着他的黄色眼镜以及花花绿绿的打扮，生怕别人注意不到他一般。果然，周围顿时有无数道视线向他们投来。

　　一见是大名鼎鼎的"混世魔王"，那些人立马绕开了事发中心，只敢躲在远处悄悄观望，不敢明目张胆地看热闹……

　　不过眨眼的工夫，方圆好几米，就只剩下他们两个当事人气势汹汹地大眼瞪小眼——以及吃惊到张大嘴巴的韩韩，还有和韩韩差不多表情的那几个裴子洛的小跟班。

# 第五章
## 大嘴巴魔王"神助攻"

2

"裴子洛，你不要太过分了。有什么事不能小声一点说？"

"我不要太过分？"随着裴子洛说话，他脸颊两侧的酒窝时隐时现，虽然很好看却完全无法掩盖他此时狰狞的表情，"喂，胖兔子，你讲不讲道理？把话说清楚了，是你的这个玩意儿砸在了我的新鞋上！我还没骂你呢，也没让你赔给我八千块，你反而骂起我来了？"

"八千？你怎么不说八万呢？"一听这话，白果儿原本藏在心里的一丝内疚顿时烟消云散，"你还真是个不良少年，一开口就要讹钱。"

是不是说得太狠了？话一出口，白果儿就有点后悔。

不知道为什么每次见到裴子洛，他都能成功挑起她心底的叛逆小恶魔，很容易口不择言……

"你说什么？"裴子洛声音再一次拔高，一双浓眉紧紧皱在一起，他恶狠狠地贴到白果儿面前吼道，"胖兔子，你说谁是不良少年？有种再给我说一遍？"

"果儿……"旁边的韩韩吓得一抖，虽然很想开口制止自家闺蜜，但实在有心无力。没办法，盛怒的混世魔王就在眼前，她真的没有胆子说话啊。

"你，我说的就是你。"面对他这样子，白果儿一股邪火也飚了上来，就是不肯认错，"说十遍也是你，不良少年裴子洛！"

尽管带着黄色墨镜看不清眼睛，但是眼前裴子洛那张原本算得上十分白皙的脸已经阴沉了下来，几乎能听到他磨牙的声音："信不信我会揍你？"

"揍我？好，你打啊。"白果儿心一横，硬着头皮抬起了头。

"你……"又是一阵气结，眼前的少年额角几乎迸出了几条青筋，拳头高高举了起来。

白果儿圆溜溜的眼睛瞪得老大，梗着脖子，一副无所畏惧的样子。

就这么僵持了半分钟……

"该死！"裴子洛呸了一口，狠狠放下拳头："要不是我不打女人，现在你已经进医院了。"

"说这种话有意思吗？如果我是个强壮的男人，你现在也已经躺在地上了。"

白果儿咬牙切齿地跟他针锋相对，然后重重地哼了一声，还是觉得不解气，又狠狠瞪了他一眼。

裴子洛怒极反笑："我发现了，你就是窝里横，有能耐跟其他人也这样挑衅去啊。"

窝里横？白果儿冷不防一愣。

她……好像确实是这样，从小到大只敢和家人朋友顶嘴反驳。可是眼前的家伙既不是她的亲人也不是她的朋友，她为什么……表情复杂地瞪了他一眼，白果儿没有再多想，扭头就走。

总之，离这个让人头疼的人越远越好。

"白果儿，你给我站住。"手腕被一只大手死死扣住，随着那股不可抗拒的力量，她被拉得后退了回去。裴子洛脸色难看极了，透过炙热的阳光和黄色镜片，她甚至能依稀看到那双满含怒意的眼睛。

这好像是他第一次叫她名字？白果儿有一瞬间走神。随即，她反应过来，也黑着一张脸怒目圆瞪："放手！"

"不放！"

"你给我放手！"

"不放！"突然，他的声音低沉下来，带着浓浓的不爽，"你就这么讨厌我？"

这句话问得太突然，白果儿一时被气晕了头没来得及回答……还用问吗？她当然讨厌他！非常、极其、特别、无比的讨厌。

"我到底哪里得罪你了，你要这么讨厌我？"虽然音量降了下去，但语气中的恼怒却越加浓烈，"这次明明是你弄脏了我的鞋，连句道歉都不说，讽刺完我就转身要走？"

听了裴子洛的话，白果儿心里有一丝动摇，但脸上依然努力维持着

怒目圆瞪的表情，一刻也不松懈："道歉就道歉，但你先放手，我不想跟你这种人有任何接触。"

此话一出，她敏感地感觉到眼前的人情绪变了。

薄唇死死地抿了起来，脸上那两个深深的酒窝也看不到了，脸色阴沉得吓人："我这种人？"

他松开手，直直站在她面前，微垂着眼看她。声音不同于之前的暴怒或张扬，冷冰冰的，毫无温度和波澜，听得人脊背发凉："白果儿，你倒是说说看，我裴子洛是哪种人？"


3


好看的薄唇弯出一道冷漠又邪肆的弧度，他居高临下地看着她。

白果儿一怔，看着此时此刻的裴子洛，突然语塞。眼前这个一向浮夸又嚣张的非主流少年就一直安安静静地站着，垂眸看着她，等待她的回答。碍事的黄色镜片遮住了他的眼睛，让人看不透其中的情绪。

白果儿的那股邪火毫无声息地、一点点熄灭了下去。冷静下来后，再看着眼前这个"混世魔王"，她忽然觉得没了底气，甚至有点心虚。

好像……今天这次……确实是她不对。

不但弄脏了他的鞋，还恶人先告状劈头盖脸骂了他一顿。这个家伙没有一拳把她打晕，真是不容易……

越想越心虚，白果儿仰头看着眼前这个人看到脖子都有点发酸了，可他却好像突然有了很大的耐心一样，就是一语不发，冷冰冰硬邦邦地等着她的回答。

算了，是她倒霉，好好道个歉吧。打定主意，白果儿尴尬地清了清嗓子，气势也弱了几分："算是我不对行了吧？我道歉，对不——"

话还没说完，白果儿敏感地发现裴子洛忽然看向了她身后某个方向，两边嘴角扬起。

她突然有种非常糟糕的预感。

果然，裴子洛恢复了往日里张扬又欠扁的大嗓门，朝她后面招了招手——"喂！夏慕辰！"

白果儿惊恐万状地张大了嘴巴，转身向后看去——刹那间，整个世界像是按下了慢放键。自己的广播偶像夏慕辰学长先是向她这边看过来，微微一愣过后，眉心微皱地迈开长腿，朝这边走了过来。

一步，一步……每一个动作在白果儿眼中都变得极其缓慢而清晰。根本来不及做出任何反应，她的"从业"偶像已经走到了他们身边。

修长的手指习惯性地轻轻推了推精致的眼镜，担心地看了眼白果儿

宛如死灰般的脸色，而后看向裴子洛："你叫我？"声音仍然如高山流水，温润而沉静，"什么事？"

"哦，也没什么大事。"裴子洛耸了耸肩，痞痞一笑，"我也是好心，想提醒你一下。"说罢，他非常干脆地指了指已经僵硬住的女孩，"这个胖兔子你认识吧？她好像有什么怪癖，我看她已经跟踪你很久了，恐怕是爱上你了。"

"裴子洛！你不要胡说八道！学长他一直是我敬重的偶像，是我努力想要成为的那种人，不是你说的那样！"白果儿快要急哭了，涨红了一张脸拼命解释。

裴子洛才不管那么多，轻描淡写地扔下一个重磅炸弹，炸得周围鸦雀无声。然后，他就挥挥手走掉了。

那几个小弟也是张大了嘴，满脸不敢相信地看着自家老大的背影，足足过了半分钟才回过神来，然后拔腿追了上去。

韩韩完全惊呆了，她还沉浸在那个学院大魔王三番两次跟自家闺蜜斗嘴掐架这一令人惊心动魄的事件中没反应过来呢，怎么那个大魔王突然当着众人扔出了一个重磅炸弹？

这家伙，报复心太强了吧？

忍不住抖了抖，韩韩吞了口口水，小心翼翼地观察了一下那位"当事人"夏慕辰学长，而后紧张地靠近身边一张圆脸煞白又泛青的女孩儿："果儿……你还好吗？"

白果儿紧紧咬着牙关，怒目圆睁，又羞又恼，气到浑身上下都在微微颤抖。裴子洛，太可恨了！这个家伙实在是太过分了。怎么可以这样随随便便就胡说八道，这让她情何以堪？

不对，等等！裴子洛为什么会知道她一直在跟踪学长？这件事说不通啊……她真的要被气死了。一时间，白果儿整个大脑仿佛飞进了无数只蜜蜂一般，嗡嗡地乱成了一锅粥，只觉得一阵天旋地转。

如果可以的话，她真的想找个地缝扎进去再也不出来。

"你们听到了吗？裴子洛说的是真的吗？她还喜欢夏慕辰学长？"

"她不是喜欢游希吗？怎么又和夏慕辰扯上关系了？"

周围无数道窃窃私语的议论声断断续续地涌入耳中。白果儿迷茫又慌张地看向四周，只能看到有无数双眼睛在盯着她看，却没办法找到究竟都是哪些人在小声议论。

不是的！不是这样的！是因为音频，她只是想要找到音频的主人，亲眼看一看未来的声音大咖……她无法解释，萌物便利店的人警告过她，不可以告诉他人幸运密码相关的信息。

她手足无措地站在原地，垂下头去盯着鞋面，不敢抬头去看夏学长的表情。

她的手上还拿着那个孤零零的冰激凌托，将她衬托得更加可笑，就像是一场荒诞的闹剧。韩韩似乎也惊到了，陪她一起傻乎乎地站着，没有说话。

好像是过了一个世纪那么久……

"这样啊。"温暖优雅的男声打破了这场令人窒息的尴尬，替她解了围。他声音里带着一丝无奈，清晰地传进她耳中，也传进周围一圈人耳中："看来咱们是走岔了，我也在找你，广播的事情还要好好商量一下才行。"

白果儿惊讶地抬头看去，那张礼貌浅笑着的脸立刻照亮了她原本灰暗的世界。

学长不但没有生气，居然还帮她解围？

强行按捺着内心的激动，白果儿一张脸感动得微微涨红，眼巴巴地看着眼前的偶像，忙不迭地点头。

夏慕辰笑了笑，精致的无框眼镜后面，那双狭长俊美的眼中闪过一抹安慰："这样吧，周六我们在街心公园的咖啡厅见，把事情说一下。好吗？"

街心公园咖啡厅？白果儿被从天而降的幸福大饼砸得七荤八素，重重点头："好的学长！"

周围原本鄙夷的视线渐渐消失，没有了刚才的奚落和尖锐，令人恨不得扎进地缝里的尴尬情况就这样被夏慕辰轻而易举地化解掉了。白果

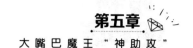
儿双眼炙热地盯着眼前这位从开学以来就被她视为广播偶像的人，小声道："学长，谢谢。"

夏慕辰不易察觉地轻轻摇头，示意她不要在意："那我先走了。"

4

课间的教室里乱哄哄的，白果儿有气无力地趴在课桌上默默叹气。

"干吗呢？"肩膀突然被人拍了一下，熟悉的声音随即响起。

"韩韩？你怎么又跑过来了？"出现在自己面前的韩韩双手托腮，眨巴着那双大眼睛笑眯眯看着她，并且毫不客气地侧坐在自己前面的位置上。

"什么叫又跑过来了？你不欢迎我吗？你嫌我烦了吗？"

白果儿一阵无语，哭笑不得地看着眼前这位水灵灵的美少女："课间就十分钟，你还这样跑过来干吗？"

"不不不，这节是大课间，二十分钟。"

"可你又不是我们班的同学，这样串班进来不好吧，会给其他同学添麻烦的。"

143

　　"有吗？"韩韩故作无辜地眨了眨眼，而后抬头看向旁边那个男生："我有打扰到你们、给你们添麻烦吗？"

　　"没有，没有，没有。"被点名的男生受宠若惊，连连摆手。

　　韩韩又往周围看了一圈，所有还在教室里的男生们都立刻忙不迭地摆手，生怕反应慢了一秒惹得她不高兴走掉一样……

　　"你看，我没有给其他同学添麻烦。"看着面前的美少女一脸无辜地耸肩，白果儿无语到极点。

　　自从三天前闹了那么一场，韩韩就经常趁课间的时候跑到她的教室来看她。虽然她知道韩韩是担心愈演愈烈的八卦消息惹怒那些暗恋游希或夏慕辰的人，让她被人排挤……但是，这也太夸张了吧？

　　"好了，你快点回去吧。"

　　"我才刚坐下一秒钟，你就要赶我走？"

　　"这是我们班啊，如果被老师抓到，我怕你被骂。"

　　"怎么可能？我成绩这么好，哪个老师舍得骂我？"

　　白果儿被她堵得哑口无言，算了，白果儿重新趴回课桌上，长长叹了一口气。

　　韩韩也学着她的样子趴在课桌上，一双大眼睛近距离看着她："都三天了，你怎么还在唉声叹气啊？"

　　"你又不是没看到，论坛上把游希。夏慕辰学长和我传成什么样子了？五花八门，说什么的都有。"这件事，白果儿稍微想一下都觉得头疼，满心内疚，"都怪我，不但连累了游希天天被挂在论坛上刷屏，现在还拖上了学长。"说完，她停顿了一会儿，表情忽然变得扭曲，咬牙切齿补充道，"虽然怪我，但更可恶的还是裴子洛那个家伙！这里有他的一份'功劳'，每次发生状况，都跟那个家伙脱不了关系！太可恶了……韩韩，你说为什么那个家伙就能置身事外？明明那么招摇，怎么论坛上连一个八卦他的帖子都没有？"

闻言，韩韩想也不想地瞪了她一眼："你脑子坏掉了？这还用想？谁活得不耐烦了，敢在论坛上给八卦学院里最可怕的混世魔王开帖？疯了吗？万一被他查出来是谁写的，岂不是要看不到第二天的太阳了？"

白果儿很生气："不公平，惹出这么多麻烦的罪魁祸首却能悠闲地置身事外，这种家伙真的太欠揍了。"

"说到这个，"韩韩坐起身子，盯着那张圆嘟嘟的娃娃脸，"我倒是想问你啊，白果儿，你是不是活腻了？裴子洛可是臭名昭著的圣亚混世魔王，你是疯了还是中邪了？三番两次招惹他。"

白果儿义正词严地看着自家好友，说道："是他先招惹我，我是正当防卫。"

"你快算了吧，我还不了解你？人家说得没错，你就是窝里横。但是裴子洛跟你非亲非故，你居然敢顶撞他，狮吼功、踢小腿、泼饮料、

人身攻击都用上了，还弄脏了他的新鞋。"韩韩掰着手指一条一条地数，说到最后，她充满疑惑地说，"白果儿，我现在才发现有点奇怪，你怎么还能毫发无损地坐在这里跟我说话的？居然还没被裴子洛掐死，这不科学。"

白果儿直勾勾跟她对视了半分钟："幂韩同学。"白果儿很严肃，"我觉得你思想觉悟很有问题，被你这么一说，好像我才是那个欺压良民的大魔头？"

韩韩吐了吐舌头，忽然想起来另一件重要的事："明天可就是周六了，你的夏大学长约你的日子！"

白果儿迅速捂上她的嘴："韩韩，你小点声。"

"我还不够小声？难道非要像你一样？"韩韩无情拍掉她的手，又是一阵挤眉弄眼，"好好准备，好好表现，我看好你。最好能顺利确认他就是那段音频的主人，这样的话就能破译幸运密码，我也能满足一下好奇心了。"

"嗯！"一想到周六有可能会知道音频的主人究竟是不是学长，白果儿忍不住傻笑了几声。如果真的是学长，她要不要提前找他签个名？说不定以后就是著名的声音大神呢！

话说回来，她真的没想到，学长他那天不但帮她解了围，竟然还邀请了她周六一起去街心公园的咖啡厅。机会难得，她一定要找机会听学长念一下那段音频的内容，看看那个声音究竟是不是学长的。

想一想就觉得好期待啊！

5

时间转眼到了周六，从上午开始天气就很好，风和日丽，白云在湛蓝的天空缓缓浮动着。周末的街上人多了不少，有年轻的朋友和小情侣，也有温馨的一家几口，甚至还有老夫妻手挽手慢慢散步，一切美好得就像是从漫画书里复制出来的一般。

很早就从被窝里爬起来的白果儿拿出了最大的勇气梳妆打扮，穿上了一条自从买了之后就从来没敢穿出家门过的浅蓝色娃娃裙，还搭配了一双同样从没穿过的带着三四厘米鞋跟的白色中跟凉鞋。甚至她还将始终高高扎起的丸子头散了下来，把泼墨般的及腰长发编成了两条可爱又活泼的麻花辫，整个人充满了少女的朝气。

她一定要给偶像留一个好印象！总有一天，她也要像学长那样，做一个不急不躁的优秀人才。

收拾好所有之后，白果儿早早来到夏慕辰之前和她约定好的街心公

园咖啡厅前面，站在那里等着，心怦怦地跳着。

周围路过的人们竟然有很多都注意到了她，甚至还有人频频回头看她……这可是她从来没有过的待遇。

所以说，这是不是说明她今天打扮得还算成功？希望能够给学长一个好印象。为了今天，她是真的拼了。

"嗨，小妞。"三个不良少年模样的人忽然从旁边走近她。

"长得这么可爱，怎么一个人啊？和我们一起玩吧。"为首的那个眯起眼睛凑近她，旁边两个互相看了一眼，同样眯起眼睛上下打量她。

白果儿吓了一跳，这算什么……搭讪吗？她还是第一次被搭讪，却是被看起来很不好惹的不良少年搭讪。

还没来得及害怕，白果儿就眼尖地发现又有两个不良少年模样的人径直来到那三人身后，伸手拍了拍那三人肩膀。

"谁啊？"

"连我都不认识了？"后来的那两个不良少年满脸凶狠，二话不说扯起为首那人的领子就往旁边拖，"终于让我们抓到了，今天咱们就好好算算之前的账。"

"喂喂，你们是谁啊？抓错人了吧？快点放手啊。"为首的人被那两人拖着头也不回地往临街的小巷里走，不停地挣扎着，可惜并没什么

# 第五章

## 大 嘴 巴 魔 王 " 神 助 攻 "

作用。

剩下的两个被这突如其来的变故吓了一跳，忙不迭朝那边追过去。

白果儿瞠目结舌地看着这一幕。什么情况？不良少年们的恩怨吗？算了，没人打扰她就好。长出一口气，白果儿继续左顾右盼地站在原地等着。

"你、你好……"隔了许久，又有个声音在旁边响起。

是在跟她说话吗？白果儿回头一看，一个戴着眼镜看起来很腼腆的男孩有些紧张地盯着她："我、我看你一直是一个人，能不能认识一下？我没有恶意的，你不要误会。"

难道说，这又是传说中的搭讪？白果儿惊愕地看着眼前很是紧张的男孩，一时不知道该说什么。

"你、你叫什么名字呀？在哪个学校读书？不、不知道可不可以告诉我？"

足足愣了半分钟，白果儿在这个男孩的注视下微微红了脸："我……"她踌躇着想要说点什么。

突然，有个穿牛仔短裤和无袖T恤并且化着烟熏妆的少女冷不防出现在他们面前："你这混蛋，我才在商场里试件衣服的功夫，你居然敢跑出来和别人搭讪？是不是不想活了？"生龙活虎的烟熏少女凶残地掐住他的耳朵，一把拧起来就往别处走。

"痛痛痛——你是谁啊？"

"好啊你，为了和别人搭讪，居然连自己的女朋友都装作不认识？"烟熏少女更加用力地拧着他的耳朵，引得那男孩一阵惨叫。

白果儿傻呆呆地看着两人走远，忍不住打了个寒战。

没有人打扰，世界又安静了。白果儿看了眼手机，屏幕上的时间已经指向十二点半了。

下午三点，天空突然变得阴沉沉的。几次电闪雷鸣过后，竟然开始下起了大雨。

这雨下得突兀，不过片刻的功夫，咖啡厅门口已经站满了躲雨的路人，再也没有多余的地方，白果儿顷刻间已经被雨淋成了无比狼狈的落汤鸡。

她傻乎乎地在雨中站了一会儿，无奈之下，只能跑到旁边一个小小的报刊亭下，努力将自己缩在亭沿下面。可惜，雨太大了，那小小的报刊亭沿完全起不到什么作用。

风伴着大雨拍打在她的身上、脸上，冰冷的雨从头到脚将她浇得湿透了。顾不上冷，她死死按着自己的裙摆，防止被风掀起来。

她等了五个小时。学长他为什么没有来？

无助伴着复杂的情绪在她心里翻搅着，不知不觉间一串串豆大的眼泪从眼眶中疯狂涌出。滚烫的泪迅速混入冰冷的雨水中，肆无忌惮地霸占着那张煞白并且满是失落的娃娃脸，惹人心疼。

怎么办？她没带雨伞，又穿了裙子……雨下得这么大，她的手机也被浇湿了，无法开机。

白果儿死死咬着下唇，双手按着早已湿透的裙摆，整个人缩在那个窄窄的半圆形亭沿下。

阴沉可怕的天空时不时被一道道闪电划破，大雨倾盆。忽然，隔着足足几百米的距离和大雨，对面那条街小巷旁边的大树后，依稀走出个人影……

那张扬而熟悉的爆炸头在黑压压的背景下破空而出，闪进她一片模糊的视线里。

那个人好像裴子洛啊……不断汹涌而出的眼泪伴着大雨一同扰乱着她的视线，让她无法将远处的人影看清晰。

"果儿？"倾盆大雨中，一道明亮且震惊的少年嗓音刺破所有无助，直直进入她的耳朵。

心有一瞬间的停摆，白果儿收回视线，转过身向后看去。

拎着袋子的纤细少年撑着一柄大伞站在离她几步之隔的地方，他穿着干净的白色帽衫和灰色休闲短裤，清爽的短发被风吹得有些凌乱，一双黑白分明的大眼睛清澈无比，仿佛是出现在这阴雨天中的太阳。

"游希。"她听见自己带着浓重哭腔的声音，眼泪在暴雨中流得越发嚣张。

"真的是你？你怎么在这里？"他快步走过来，将她也一并罩进自己的大伞中，伸出一只手轻轻揽住她的肩，"要不是我刚好来这里的书店买资料书，你还要傻站在这里多久？"

说不出任何话来，冰冷的狂风暴雨中，这个单薄的少年怀中好像有着巨大的温暖和力量。

"好了，什么都不要说了，先跟我走，我家就在旁边。"

白果儿已经冻得说不出话了，整条娃娃裙完全湿透了，紧紧贴在身上，头发也是不停往下滴着水。

不知为什么，离开前，她无意识地停下了脚步，回头向远远的那条街看去。刚才是她眼花了吗？

她看到的那个人影真的好像是裴子洛。暴雨之中，对面的树旁全然没有半点人影。

"果儿，怎么了？"

"没、没怎么。"浑身都在发抖，白果儿动了动泛紫的嘴唇，说不出一句完整的话来。

"冻坏了吧？我们快走，再坚持一下，很快就到了。"游希温柔地说道。

## 第五章

### 大嘴巴魔王"神助攻"

白果儿狼狈地想，为什么总是在她哭成泪人的时候遇到游希？可是这一次，她是真的发自内心地感谢他的出现……

# 第六章

## 大公主病和首战告败

　　　1

　　淋过大雨的白果儿十分悲惨地在感冒和悲伤中度过了整个周末。悲惨的是，居然有人偷拍到了周末她苦等夏学长半天的凄凉模样，还做成帖子发到了论坛上。更加悲惨的是，居然连之后她和游希一同离开的情况都被拍到了。

　　不用多说也知道，学校论坛再一次沸腾了。铺天盖地都是关于他们三个人的八卦消息，帖子的标题一个比一个触目惊心——"幸运密码获得者在公园苦等一天被夏慕辰狠甩"、"花痴女白果儿勾引夏慕辰失败，转身搭上超人气模范生游希"、"特大消息！丑女白果儿脚踏两条船"……

　　白果儿第一次知道，原来身边那么多人都有做狗仔的潜力。她还从来没想过，平凡如她居然有机会体会了一把做"明星"的感觉，一举一动都被无数人关注。

话说回来，现在她还真是有点好奇，那天下午下者那么大的雨，怎么还会有人顶着大雨偷拍到她和游希一起离开的画面？再说了，周末那天她为了等夏学长一直左顾右盼，完全没有看到什么跟拍她的人……到底是谁拍的呢？

白果儿萎靡不振地抱着抽纸擦鼻涕，眉头紧紧皱着，坐在她前面的韩韩见此也只能无奈地托腮叹了一口气。

"果儿，你也太傻了，都过了约好的时间那么久，夏慕辰他没来你就应该回家啊，干吗傻站在那里等那么久？"

"别再说我了，我头都快爆炸了。"

"好好好，不说了，算了，没事啊，这帮人就是闲得无聊天天看论坛八卦，这样的情况发生也不是一次两次了，你还是别管那些，过一阵就好了。"韩韩伸手过来摸了摸她的头发，满脸同情。

白果儿依然很萎靡。

过一阵就好了？她现在已经不这么想了。她怎么觉得，这些八卦完全就是一波未平一波又起啊？而且还一浪高过一浪……

"果儿。"

"干吗？"

"话说回来，你偷偷告诉我，"对面的美少女忽然凑近她，一双雪

亮杏仁眼忽闪忽闪盯着她："你跟游希真的没发生什么？"

"拜托了。"

白果儿忍无可忍地哀号了一声："幕韩同学，从周末开始到现在，你已经问了十六次了，怎么连你也这样？"

"别吼，别吼。"韩韩眼疾手快，一把捂住她的嘴巴，先是抱歉地冲周围那些青春期少年们笑了笑，接着讨好地冲她拼命眨眼，小声解释，"人家好奇嘛，毕竟我跟游希同班，虽然那个人对谁都很友好，但同样也对谁都保持着礼貌的疏离。光是看照片，我就已经很惊讶了，那个人竟然搂着你肩膀，还把雨伞都遮到了你这边，他自己都淋湿了。"

白果儿心里闪过一丝异样，想起那天的情况，她突然觉得自己的脸有些发热："松开手啦，我不是都跟你解释了很多次嘛。我也不知道，但是游希真的很好心肠，可能是看我那个样子太可怜了吧？"

闻言，韩韩回忆了一下论坛上的众多照片，不由得点了点头："这倒是，确实挺惨的。"

感受到白果儿越发悲伤的眼神，韩韩吐了一下舌头适时地站起来："好了好了，别这样看着人家，不惹你烦了还不行？你多喝点水，我回我教室去了。"

有气无力地挥挥手打发她，目送那抹窈窕的背影离开，白果儿幽幽在心里叹了一口气。

# 第六章

## 大 公 主 病 和 首 战 告 败

"白果儿，有人找。"突然，一个尖锐的女声打断她的思绪。

她往门外看过去，一抹修长身影赫然出现在那里。

夏……夏慕辰？他怎么会特意到她教室门口找她？白果儿吃了一惊，条件反射地从座位上弹了起来。门口的人依旧是往日里那副模样，精致的无边框眼镜下，狭长好看的眼静静看着她，满是歉意。

通往门口的那几步路，显得格外漫长："学长，你找我？"就算是再不愿意，短短数米的距离也拖不了多长时间。走出教室，站在他面前，白果儿微垂下头看着自己的鞋子。

四面八方投来的视线让她觉得很不自在——就像是在众目睽睽之下干了一件极其丢脸的傻事一样。

"对不起。"微沉的嗓音压得极低，只有他们两人能听到。

"那天，我是为了替你解围才那样说，我以为你知道……真的很抱歉，是我没考虑周全，让你白白等了那么久。"

白果儿没有抬头，只听到夏慕辰的声音里满是从未有过的内疚，还夹杂着几分想要解释的着急。

其实，她这几天也仔细想过了。那天的情况，学长明明是好心帮她解围，是她满脑子都是那段音频，一厢情愿地误解了学长的意思。

说到底，学长也是为了帮她，出于好心才那样说。偏偏她是榆木脑袋一根筋，没能及时领会学长的意图，也没有向学长确认一下就跑到

街心公园咖啡厅等了一天。简直是傻到家了！现在，学长还要这样诚恳地向她道歉……这算什么？该道歉的人是她才对，因为她，不但又给游希添了麻烦，还拖累了一向清净的学长也跟着她一起在学院八卦版块上"火"了一把……

　　她使劲摇了摇头："学长，就算道歉也该是我道歉，我当时没能理解你的意思。"白果儿沮丧地叹了一口气，而后努力扯起一个比哭还难看的笑脸，"快上课了，学长你快回去吧，不用担心我。"


　　　　2


　　之后的三天，白果儿都在消沉中度过了。

　　虽然她从小性格就很腼腆内向，然而，还从没有真正因为什么事情受打击到寝食难安的地步，这也算是破天荒的头一遭了。

　　不过才三天，她整个人足足瘦了一小圈儿，圆嘟嘟的脸也开始有往鹅蛋脸发展的趋势。虽说是件悲伤的事，但不得不说，瘦下来一些的白果儿倒是清秀了不少。

　　韩韩很心疼，她家果儿虽然很腼腆，但也算是个隐形的乐天派了，还从没见过她因为什么事放弃好吃的呢。

唉，最近这段时间真是难为她家果儿了。因为一个幸运密码，活生生将她一个腼腆又有点自卑的"小包子"拉到"聚光灯"底下，一点风吹草动就被人从头到脚地议论。

不过还好，虽然消沉了三天，但是现在看上去，她家果儿又顽强地满血复活了。在自我安慰这方面，她还真是应该向她家果儿学习……说起来，果儿好像一直都是这样？只要定下了目标，过程中无论遇到什么样的挫折都能傻乎乎地很快就振作起来。

"韩韩，你盯着我干吗？"端着刚刚打好饭菜的盘子，白果儿站在食堂中间无语地瞥了眼身边的这位氧气美女。拜托，她们已经站在这里半分钟了，那么多双眼睛看着呢，韩韩怎么搞的？莫名其妙看着她发呆。"快点找座位呀。"无奈地翻了个白眼，白果儿抬了抬下巴示意某个角落，"就那边吧。"

幕韩回过神来，有点尴尬，抬腿就往那边走："听你的。"

穿过人来人往的食堂，两个人走到那边刚要坐下去。

"果儿。"忽然，一道清冽的少年嗓音从身后不远处响起。声音不大不小，刚好引来周围一圈人的关注。

面对着她身后方向的韩韩先一步看到来人，微微一愣，而后皱起一双秀眉，小声抱怨："他怎么又来了？还嫌八卦闹得不够大吗？当众跟

你打招呼，没有一点避讳的意思。"

白果儿转身向后面看，那个单薄高挑的少年睁着一双黑白分明的大眼睛看她，带着一身与生俱来的阳光气息径直朝她走过来。

是游希。就在他走过来的这短短半分钟，食堂里无数双眼睛已经纷纷往这边看过来。

"果儿，没想到在食堂碰到你了。"那双清澈好看的大眼睛看了眼她对面的人，微笑道，"你在和朋友吃饭吗？幕韩同学也是我的同班同学呢。"

"我知道。"白果儿点了点头，回给他一个笑脸。

她真的很不喜欢这种被无数视线关注着的感觉，她还是做不到像游希那样对于大家的目光完全无动于衷。

如果可以的话，她真的很想避免一下在这种众目睽睽的情况下接触，毕竟她真的还不太适应。停顿了一会儿，看游希依然站在自己跟前没有打个招呼就走的意思，她觉得有点尴尬："游希，你……"

"果儿，我……"没想到，两人不约而同地开了口。

白果儿一愣，随即脸颊温度开始迅速攀升："你先说吧。"

眼前带着一身阳光气息的少年笑容扩大了几分，映着那双明亮的大眼睛，闪得人一度眼花。他也没再推辞，直接点了点头："我是想说，果儿，上周末你把钥匙落在我家了，本想尽快拿给你，结果这几天事情太多也没有时间去找你。你下午找我来拿吧。"

此言一出,原本就密切关注他们这边情况的四周顿时陷入一片诡异的安静。白果儿的心跳几乎停滞了一瞬间,他、他、他居然就这样毫不遮掩地说了周末她去过他家的情况。张了张嘴,一时间,她不知道该如何回应。她完全没想到,游希是和来她说这件事的。

"果儿,你先跟朋友吃饭吧,我走了。"阳光透过食堂偌大的落地窗洒进来,照在少年那张俊秀清透的笑脸上,干净得像是一幅专属于青春的画。他和那些学生会的干部们转身离开食堂,徒留下她和韩韩两个人在周围无数道锐利的视线中发呆。

"这个游希搞什么啊?你们的八卦现在闹得沸沸扬扬,他就算是完全不在意,也不应该火上浇油吧?"先一步回过神来的韩韩秀眉紧皱,不太高兴地将手中的餐盘放在桌上,气鼓鼓地坐了下去。

紧接着反应过来的白果儿咽了口口水,以光速坐下,脑袋低垂,几乎要扎进眼前的餐盘里,但是她还得安慰韩韩:"你别生气,游希肯定是没想那么多。"

"看来不管他再怎么智商高,情商还是低得吓人。"韩韩明显是动了气的,恶狠狠地将自己餐盘里最大一块牛肉插起来放到对面的果儿的餐盘里,"好好吃饭!低着头干吗?咱们又没做错什么事,谁要看就由他看去。"

3

　　短短一顿午饭的时间，方才食堂里的一幕再一次被好事者发到了论坛上，与周末的"放鸽子事件"以及"雨中共同回家事件"一起，席卷了整个版面。

　　韩韩被气得无可奈何，干脆将手机锁屏塞进口袋里不看了。

　　白果儿强行被她扯到了学院西区那个最大的超市里买冰激凌吃。

　　"真是服了你，总是为吃个甜筒跑这么远。"看着旁边的美少女一脸满足的样子，白果儿也不由得笑起来。

　　"不是跟你说过嘛？这个口味的冰激凌只有西区超市这里有卖。"

　　没走多远，面前忽然迎来了五六个女生，满脸不善地堵住了两人的去路。白果儿一时没反应过来，睁大那双圆溜溜的眼睛看着拦路的几个女生。

　　那几个人没有理会旁边的韩韩，只是傲慢地将她从头到尾打量了一遍："她本人比论坛上的那些照片还丑，都没有咱们雪莉十分之一漂亮，完全不知道她怎么会那么厚脸皮？"

# 第六章

## 大公主病和首战告败

"就是啊，不过是仗着一个幸运密码，真是自不量力，完全没有自知之明。"

这时，一个短发齐耳并有着一张巴掌小脸的女生从几人中间走出来。她的发色比普通人要浅很多，淡淡的棕色，学校里不允许染发，但她是天生如此。她长着一双浓眉大眼，五官深邃而精致，有着异于亚洲人的张扬，瞳孔颜色是外国人才有的湛蓝色，健康的小麦色肌肤仿佛在阳光下闪着光泽，让她整个人充满着野性的活力，像是一头美丽而凌厉的豹子。

她抿着那张蔷薇般的唇，眉心皱着，微微扬起下巴一语不发地走到她们面前。

黎雪莉！白果儿有一瞬间的惊艳，这个女生她是认识的，就是在她们学院的女神榜上力压韩韩一筹以领先十票的成绩夺得首位的那个人，好像是个中美混血儿。她自带女王气场，男生们都对她敬而远之，但她在女生中却极受欢迎。

那双蓝色的大眼睛盯着她，仿佛要将她刺穿一样，黎雪莉几步走到她面前："白果儿？"

近距离看着那双蓝眼睛，白果儿总算知道为什么男生们对这位校花都是能离多远就离多远了。因为，她的气场实在太强了，甚至压得她有些慌乱。

"嗯，我是，有什么事吗？"

"什么事？"她反问着，那双美丽的蓝眼睛危险地眯了起来，定定看了她几秒。

突然，没有任何征兆的，她将手中的矿泉水泼向了她的脸。她们这里的动静，顿时吸引了周围所有人的注意。

"黎雪莉！你疯了？"韩韩顿时火了，一把推开她挡在前面，一双美眸瞪得吓人。她跟黎雪莉的身高几乎相同，但就像是火与水一般，气场截然不同。

"幕韩，我是来找她的，和你没关系。"

"她是我朋友，你说和我没关系？"韩韩气得美眸通红，一步不让地挡着，"你是疯狗吗？我们跟你认识吗？你凭什么上来就泼水？"

"我说了，和你没关系。"黎雪莉向身后那几个女生看了一眼，那几个女生立刻心领神会地围上来，将韩韩与白果儿隔开了一段距离。

"黎雪莉，我警告你，你如果敢动果儿一根手指，我绝对不会放过你。"被几人拉开到旁边的韩韩一时没法脱身，气急败坏地冲她喊着。

而被喊话的人像是没听到似的，湛蓝凌厉的眼睛直勾勾地盯着自己的目标。

白果儿的心咚咚地跳着，浑身的血仿佛都涌到了湿漉漉的脸上。

到底是怎么回事？她放下手直起身子，微扬着头直接对上面前气场强大的美女，眉头紧紧皱了起来。

"白果儿，这点水算是见面礼，让你记清楚我黎雪莉。"对面的人弯起一边嘴角，眼睛中全是厌烦和恼怒，"我特意来找你，就是为了告诉你，游希是我看上的人，你给我离他远一点。就因为你，害得他最近三番两次跟你这种丑八怪牵扯到一起，还上了学院的八卦论坛，我都替游希觉得丢脸。"

"你说谁是丑八怪？黎雪莉你还要不要脸？不要太过分啊！"被挡在一旁的韩韩气得满面通红。

"白果儿，你听到没有？我再重复一次——你以后离游希远点，明白吗？"她俯下身凑近她，恶狠狠地警告着。

白果儿从一开始的震惊慢慢变成了恼怒，事情发生得太突然了。她到底做错什么了？为什么要承受这样的结果？突然，白果儿伸手推开了眼前的女生，一双秀气的眉也紧紧地皱了起来，声音带着几丝颤抖："不要离我那么近。"

被推开的黎雪莉似乎也是没想到，那双蓝色眼睛越发凌厉地盯着她。不知道是哪里来的勇气，白果儿站直了身子，尽管声音有些发颤还是不躲不闪地回视着她，说道："请你道歉！还有，让她们走开，不要围着韩韩。"

"道歉？为什么？"

"因为你没有任何权利可以随便欺负别人。"

"是吗？"黎雪莉不怒反笑，再一次眯起那双蓝眸，"如果我偏要欺负你呢？你要怎么办？"

说着，她高高挥起手向白果儿的脸扇去。白果儿心里咯噔一下，想要躲开，可是身体却不听话地僵硬在了原地，只能下意识地闭上眼。

一秒。

两秒。

三秒。

预想中的巴掌声和疼痛感并没有出现。

她小心翼翼地睁开眼睛，一只带着许多夸张指环的白皙修长大手从她身后伸出，牢牢握住那只向她挥来的手。

"哟，胖兔子，又碰见了。"熟悉的嚣张嗓音突兀地在她头顶正上方响起，"怎么？不去跟踪你的夏学长了？"说着，他像是嘲讽般，用鼻音笑了一声。然后，他像是扔垃圾似的甩开那只手，从白果儿身后走到她身边。

白果儿惊愕地看着这个不知道突然从哪里冒出来的家伙。

阳光下，裴子洛那头五颜六色的爆炸头还是一如往常的雷人，搭配着黑色圆环耳饰和总是架在鼻梁上的那副浅黄色墨镜，从头到脚都将非主流这三个字体现得淋漓尽致。

## 大 公 主 病 和 首 战 告 败

算得上极好看的薄唇弯起一道招牌式的不羁弧度，他低头看着她："胖兔子，你傻了啊？老子问你话呢，怎么不去跟踪你的夏学长了？"

回过神来，白果儿眼眶通红，却还是没忍住瞪了他一眼："裴子洛，你能不能不要再乱说话了。"

"哦？脾气这么暴躁，看来是被甩了。"他一副恍然大悟的样子，拖长了声音说道。

"咦？"他俯下身凑到她眼前，几乎到了鼻尖贴鼻尖的程度。这一动作太过突然了，以至于瞬间让她吓得屏住了呼吸。中午的阳光很足，如此近的距离之下，她第一次透过浅黄色镜片依稀看到了他的眼睛，不禁一怔。

眨眼的工夫，一只大手毫不客气地掐上她的脸，打断了她刹那间的失神："怎么成落汤鸡了？胖兔子，你不是在我面前挺厉害的么？怎么被人打了还傻站着？看来你就会欺负我这种善良可爱的好学生啊。"

善、善良可爱的好学生？裴子洛？白果儿当即狠狠拍掉那只大手，难以置信地瞪他。这个家伙怎么这么厚的脸皮？这种话都能说出口。

"裴子洛？"被忽略掉的某位校花忍不住打断了他们。一双湛蓝的美丽眼睛惊讶又恼怒地瞪着眼前这位臭名昭著的混世魔王，"你什么意思？不关你的事。"

闻言，他终于舍得移开视线，正眼看向质问他的美丽校花。

　　白果儿看着他，忽然有些疑惑。不知道是不是她的错觉，她感觉这个家伙的气场突然变了。

　　"裴子洛？"不知为何，他重复了一下自己的名字，白果儿第一次听到他如此冷酷的嗓音，"我认识你？你是谁啊？谁允许你叫我的名字了？"此话一出，不仅是她和黎雪莉，就连一旁的韩韩和其他围观群众都吃惊地张大了嘴巴。

　　"老大……"似乎是觉得实在有点说不过去，跟在他后面的其中一个小弟凑上来一步，"她是咱们学校排名第一的校花，女神黎雪莉。"

　　"哈？"刚才的冷酷仿佛是她的幻觉，眼前的混世魔王大惊小怪地叫了起来，仿佛是听到了什么不可思议的消息，"你说谁是第一校花？这个男人婆？你一定是在逗我。"带着夸张指环的大手毫不客气地指向对面的高挑美女。

　　四周陷入一片诡异的死寂，所有围观同学都很有默契地后退了一大步。开玩笑，谁敢惹到这位魔王？他可是连校花都敢指着鼻子骂。

　　白果儿狠狠呛了一口。男人婆？确定是在说黎雪莉？一时间，她差点忘了刚才迎面被泼了冷水的事，忍不住向那位校花看去——尽管穿着学院统一的宽松制服，但依然可以看出她凹凸有致的高挑身材，还有裙摆之下那双线条流畅的大长腿，再配上那张混血儿独有的精致立体的巴掌小脸和清爽又不乏甜美的短发，她突然怀疑，裴子洛该不会是瞎了吧？他居然管这种大美女叫男人婆？也不怕天打雷劈。

一片死寂中，裴子洛抬头开始往四周张望。很快，他指了指站在一旁目瞪口呆的某人："我们圣亚又不是没有美女了，怎么可能让一个男人婆当第一校花？说出去还不被别人笑掉大牙？圣亚的校花起码也要是那个程度吧，我看那个还差不多。"

众人顺着他手指的方向看过去，雪白的皮肤在阳光下显得晶莹剔透，一双水汪汪的杏仁大眼看得人心神荡漾，披肩黑发温柔又不失活泼，长手长腿四肢纤细——这不是排行第二的大校花幕韩还能是谁？

"胖兔子，我记得她是你朋友吧？叫什么来着？"裴子洛突然侧过头来问她。

"幕韩女神！"没想到，围观的众多少年异口同声地替她回答了，似乎大家对于这位大魔王突如其来的好眼光都非常赞同。

"嗯，我觉得这个幕韩是圣亚的第一校花才比较合理。"裴子洛挠了挠下巴，又侧头问她，"你说是吧，胖兔子？"

有史以来第一次，白果儿发现，这个家伙好像也不是那么讨厌，至少眼光还是可以的："是的，韩韩最美！"

"你看，连胖兔子都这么说了，你这男人婆以后出去不准乱说是我们学院的校花什么的，不然我出去还要不要混了？要给人笑话死了。"说罢，他双手插兜，微扬起下巴环视了一下周围，"你们也都给老子记

住，从今天起，不准说这个男人婆是校花。如果谁再敢乱说话丢了我的脸，就等着被收拾吧。"

四周鸦雀无声，放眼看去只看到无数少年在猛点头。过了片刻，人群中不知道是谁先说了一句："幕韩女神终于是第一校花了。"

以黎雪莉为首的女生们一个个脸色难看极了，却都敢怒不敢言。

"裴子洛，你。"黎雪莉一双蓝色眼睛瞪得几乎要喷出火来，脸色铁青得可怕，但是面对学院里人人避之不及的混世魔王，她还是不敢说什么。

"咱们走着瞧。"转身离开之前，她最后狠狠瞪了某人一眼，"白果儿，你别忘了我今天跟你说过的话，如果再让我看到你纠缠游希……"凌厉的眼神代替了未说出口的威胁，黎雪莉在那几个女生的簇拥下甩手离开了这里。

"游希又是谁啊？"白果儿还在发呆，身边的家伙却无比煞风景地又俯下身来凑到她脸旁，"胖兔子，你不是一直在跟踪你的夏学长吗？怎么又蹦出来个游希？"

这个家伙不乱说话会死吗？刚才对他的那一丝丝好感顿时消失得无影无踪，白果儿怒视过去。

"真是的，搞不懂你这个花心的胖兔子，我走了。"他慵懒地伸了个懒腰，没再说什么，招呼自己的小弟一起离开了。

一场闹剧告一段落，围观群众也散开，三五成群地八卦去了。

韩韩一脸茫然地走回自家好友身边："果儿……"

"怎么？"

"不对劲啊……真的不对劲。"那双杏仁眼中全是迷茫，韩韩像是在跟她说话，又像是一个人在自言自语，"果儿，那个裴子洛，该不会是在为你撑腰吧？还是他跟黎雪莉有仇？"

"他？为我撑腰？开什么玩笑。"白果儿毫不犹豫地翻了个白眼，"那家伙脑子有问题，间歇性短路，我看他是跟谁都有仇，跟谁对着干全凭心情。"

"是吗？"韩韩依旧很茫然，为什么她总觉得哪里怪怪的呢？


4


身心俱疲的一天终于过去，韩韩照旧在周三放学后先走了，赶去她报名的课余补习班。白果儿独自一人早早来到她最爱的广播站。离节目开始还有一段时间，闲来无事，她开始整理柜子里的广播记录盘。她有一个小习惯，偶尔有空的时候，她会在自己的节目开始前提前很早过来这里——因为可以挨个儿听一下以前积累下来的很多录音盘。

作为一个彻头彻尾的声音痴迷者，她最喜欢做的事情就是沉浸在这些优秀美好的不同类型风格的声音里面了。

上次听到哪张盘了？白果儿两眼放光，认真地在柜子里翻找着。一个装着光盘的透明盒子映入眼中，上面贴着的"夏慕辰"三个大字吸引了她的视线。

就是它了！居然翻到了学长的录音盘。她开心地将光盘取出来放进自己随身带着的CD机中，戴上耳机，按下播放键。

"24号面试人，一年级五班，夏慕辰的试读内容。"

白果儿顿时惊喜极了，这个音频居然是当年学长面试进入广播站时候的试读篇录音。

她兴致高涨，立刻开大了声音竖起耳朵认真往下听。

"夏慕辰，请你试读这段内容，《简·爱》经典独白之一，准备好后直接开始。"

"嗯，各位老师，学长学姐，我准备好了……I think the bird flies but the sea birds fly, is that no courage of the sea, years later I discovered, not the bird flies past, but not the other side of the sea, and had no waiting……"

不知过了多久，十分钟的面试录音盘早已经播放完了。广播室里静

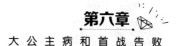

悄悄的，白果儿呆呆地将光盘从CD机中取出来再放回盘盒，最后放回柜子里。耳边还回荡着刚才耳机中播放的声音，学长的声音真的好听极了，有着一种少有的力量，让人不知不觉被带入进去，不愧是当年广播站的传奇人物。

只是……白果儿愣愣地眨眼，然后再眨眼。这段录音出现得太突然了，她一点儿心理准备都没有。而且，最重要的是，虽然声音是可以伪装的，但是对将幸运密码里的那段音频听过无数遍的她来说，她还是可以清楚地辨认出、幸运密码的那个极品声音，那个让她浑身起鸡皮疙瘩的声音，不是夏慕辰学长的。

她花费了那么多努力，千方百计接近学长，却从来没想过学长不是她要找的那个人。答案来得太突然，让她有种怅然若失的感觉……

"咚咚——"敲门声打断了白果儿的神游。

"请进。"

来人推门走进来，俊雅的脸上带着浅笑。她噌地站起来，有点尴尬和心虚到结巴："学、学长？你……你怎么来了？"

夏慕辰迈开长腿走近她，笑着将手上的稿子交给她："果儿，之前因为误会让你在公园那边等了那么久，我一直觉得很抱歉。作为补偿，今天我就破一次例，和你一起主播这期节目吧？你看看这份稿子怎么样，我这几天挑出来的。"

这一刻，白果儿深刻地体会到了心情的大起大落。明明刚才还在为音频的主人不是夏学长而失落，现在就因为这个突如其来的好消息感到无比兴奋了。要知道，学长已经很久没有亲自主播过节目了。

要知道，学长播音时期取得的辉煌成绩可一直都是众人皆知的传说呢。这就是传说中的，上帝给你关了一扇门就一定会给你打开一扇窗吗？一瞬间，白果儿这一整天的烦恼都烟消云散了。

白果儿很知足，虽然知道了学长并不是幸运密码中那段神秘音频的主人，但……能和自己的偶像一起播音，这也绝对算是圆了她的一个梦想了。


5


广播结束后，白果儿哼着歌从学校里出来，心情大好，以至于在校门口又碰到了那个非主流混世魔王也没有影响到她的心情。

"嗨，又见面了。"他靠在街旁的路灯下，张扬地向她招了招手。

白果儿十分难得地也冲他挥了挥手，表示打招呼，谁让她现在心情特别好呢？原本打算直接这么走掉，结果，很显然那个讨厌鬼并没有和

# 第六章

## 大 公 主 病 和 首 战 告 败

她一样的想法。

"胖兔子，你这么开心吗？"离开路灯，他不紧不慢地走到她前面，刚刚好拦住了她的去路。

尽管已经是晚上了，他却还依然带着那副墨镜，不知道到底是什么原因。白果儿忍不住在心里吐槽了一句，然后瞥了他一眼："是啊，开心，所以你不要招惹我，快点让开。"

裴子洛突然前仰后合地笑起来："真是有趣。喂，你们快看啊，我跟你们讲，厚脸皮这方面就要学习咱们的胖兔子同学，跟踪夏大部长成功上位，都让夏大部长重出江湖和她一起广播了！你们说厉不厉害？"他一个人笑不成，还招呼着自己小弟们一起笑，要多猖狂有多猖狂，要多欠扁有多欠扁。

白果儿磨着牙狠狠地瞪他，算了，算了，她现在心情真的很好，完全不想和他一般见识。

于是毫不留情地冲他翻了个白眼，绕过他就要往前走。

身后，裴子洛停下爆笑，声音隐隐带着一丝不爽："喂，胖兔子，你怎么一点自尊心都没有？周六被人家放了鸽子在街头傻等五个多小时，还被淋成了落汤鸡的事，这才几天就都忘了？现在只不过跟你一起广播就把你开心成这个样子。"

白果儿的脚步停了下来，心猛地往下一沉。那个电闪雷鸣的周末，

她隔着一条街，在对面的大树旁隐约看到过的那个很熟悉的身影……果然是他。

所以，那天，站在对面树旁想要向她走过来的那个人影，就是他……对么？

所有好心情消失殆尽，她铁青着脸转身看向他，一字一顿道："裴子洛，论坛上的那些照片，还有周六我的行踪……这些，全部都是你发出去的？"

# 第七章

## 与大魔王的和平条约

1

"什么？"戴着墨镜的少年被她问得一愣，没反应过来。

"我说，"某人咬牙切齿地说，两只手也渐渐攥起了拳头，"论坛上的那些照片，是不是你跟踪我拍的？"

"我疯了吗？"眼前的人顿时像被狠狠踩了尾巴的猫，炸毛了。

"你不是一直都疯吗？"白果儿的火气也不停往上冒，音量提高到了一个前所未有的高度，"裴子洛，你不要太过分，我到底是哪里得罪你了，你要这样整我？"

"好，我也问问你，我是哪里得罪你了？什么坏事都往我的头上扣？平时被人欺负成那个样子都不见你反抗，也就我心善可怜你，你还每一次都用这种态度对我？"

"可怜？谁要你可怜，我才不要你可怜！人见人讨厌的乡村非主流、不良少年、混世魔王。"

# 第七章

## 与大魔王的和平条约

"喂，胖兔子，我警告你说话小心点，惹急了我小心——"

"小心怎样？打我？你除了会威胁我还会干什么？如果你不是为了偷拍我的照片，那你就解释清楚为什么你会出现在那里，否则你怎么会知道我在那天等了学长多久？"

"不是我发的就不是我发的，我还没无聊到当狗仔的地步。"

"那你解释啊，为什么会出现在哪里？"

"你为什么不问问你那天怎么能平安无事地站在那里五个多小时？"裴子洛突然说道。

"别扯其他的，你解释啊，周六为什么在那里？。"

"我是——"

"说啊。"

"呸，我凭什么跟你解释？你是我爹吗？总之，那些无聊的东西不是我发的，你不要乱说话。"眼前的少年烦躁地皱起眉，狠狠揉了揉自己五颜六色的爆炸头。

路灯在他身后的地面上拉出了一道长长的影子，比起他本人反倒显得顺眼得多，整个头身比例完美得挑不出半点瑕疵，就算是当模特也是够得上标准的。

他烦躁地一脚踢开了脚边的小石头，隔着浅黄色镜片，恶狠狠地瞪着她喘粗气，像是随时会扑上去掐断她的脖子一般。

然而，站在他对面的少女却完全没有被他的气势吓退，反而一双圆溜溜的眼睛瞪得比他还大，眼神比他还凶，映着街灯，比白日里还显得明亮。圆润白皙的脸蛋气鼓鼓的，可爱极了。

眼前的少年忽然别过脸去不再看她，那张脸上透出几分不自然的红晕被夜色掩饰得一干二净。

"算了，我这次暂时不计较你诬蔑我了，等你以后搞清楚再说。"

见此，白果儿顿时觉得他心虚了，不然怎么会这么轻而易举就不跟她争了？"你都没有解释清楚是怎么回事，凭什么就说是我诬蔑你了？"她乘胜追击，瞪大眼睛逼问他，"你如果能解释清楚，让我给你道歉都行。"

"喂！你这胖兔子怎么这样胡搅蛮缠？"

"那个，老大？"被晾在一旁的小弟们突然很小心翼翼地出声，打断了他们激烈的争吵。

"说。"少年非常火大。

"您忘了咱们和庆和那帮人约了几点见吗？再不过去，恐怕他们要以为咱们是不敢去所以逃跑了……"

高挑的少年一愣，狠狠拍了一下头："该死，把这事忘了。"裴子洛低下头，狠狠瞪了她一眼之后，转身就走，"今天有事，不和你一般见识了。我们走。"接着他长腿一迈，急匆匆带着他的小弟们离开了。

"什么嘛……"被留在原地的白果儿不爽地踢飞了脚边的小石子。

突然，她灵机一动。他又要去打架？

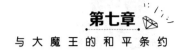
呵呵，他周末跟踪她还偷拍她，将她的窘态曝光在论坛上，那她为什么不能报复？

不良少年打架，她如果拍到了打架现场照片也发在论坛上曝光他，说不准这次能让他被学校开除呢，那就再也不用被他烦了。

而且，如果真的能赶走这个混世魔王，她也算是为学校的广大同学做出一份贡献了。

打定主意，白果儿狠下心来顺着他们离开的方向追了上去。


2


十五分钟后，有生以来，白果儿第一次对自己腿的长度感到懊恼。

她始终只能远远地追在他们后面，不是她要故意拉开距离，而是她即使一路小跑也还是没能追上去，甚至几次三番因为距离太远而差点跟丢了。

一路下来，她的脸涨得通红，额头冒汗。白果儿双手撑着膝盖，狼狈地喘着粗气，一双圆溜溜的黑眼睛搜查着周围。

去哪里了？她明明看到他们拐到这个方向了。难道……跑到那里面去了？

　　时间已经不早了，月光下，耸立在她面前的是一个荒废了很久的破旧校区，四周围着即将拆除重建的栅栏和标识，一眼看过去，没有半个人影。

　　穿着制服的少女擦了擦额头的汗，孤零零地站在门口，不死心地往里面张望着。那张圆润的脸庞因为运动而染上了几分绯红，反而显得格外水灵。

　　一阵小风吹来，掀动了她的裙摆，少女打了个寒战。豁出去了，白果儿狠了狠心，攥紧了手机小心翼翼地从边缝的地方钻进了面前的破旧校区里。

　　那个可恶的裴子洛害得她被人嘲笑了那么久，她也要"曝光"他打架的照片，让所有人都看到这个混世魔王有多可怕，看看学校会不会把他赶出去。

　　不过……这里真的好可怕。穿过残破的教学楼，白果儿打开手机上的手电筒，摸索着往后面走。才刚走了没多久，一阵叫骂声就从不远处一个仓库模样的地方传了过来。

　　找到了！白果儿顿时来了精神，关闭手电筒，弯着腰迈着小碎步往那边跑过去。她来到门口，透过门缝，眯起一只眼睛往里面看。

　　"裴子洛，这么晚才到？我还以为你吓得不敢来了呢。"裴子洛对面，一个黄色头发的少年甩了甩手中的棒球棍，咧开嘴笑得无比放肆。在他身后，还有六七个不良少年模样的人在他的示意下也跟着猖狂大笑起来。令人触目惊心的是，这群人手中都握着长长的棒球棍。

不良少年打架都这么可怕吗？还用武器，会有危险吗？如果打到头了可怎么办……倒抽了一口气，白果儿心惊肉跳地咽了口口水。

不对啊，她突然想起来，裴子洛他们走的时候好像并没有拿什么东西。而且，她远远地跟在后面一路，期间也没有看到他们拿了什么棒球棍之类的……

心不自觉地一沉，白果儿连忙往另一边看去。清冷的月光顺着仓库破裂的窗户洒进来，照亮了原本应该漆黑一片的空间。

只见裴子洛双手插着裤兜，懒洋洋地站在那里，看不出半点慌乱。微尖的精致下颚仰着，好看的唇角轻蔑地向一边翘起。

月光笼罩在他身上，不知为何就像是光芒璀璨的聚光灯似的，让他"非主流"一般的打扮多出了几分放荡不羁的舞台感。

耳朵上那一串黑环饰品给他轮廓完美的侧脸增添了一丝狂妄和神秘，令人不自觉地被吸引。

"呵呵……我看，怕的人是你们吧？怎么，拿着那铁棒能让你们有安全感一点？"嚣张又熟悉的口气带着几分冰冷，径直唤回了白果儿的思绪。

白果儿差点冲进去捶开他的脑袋看看里面装的到底是什么东西！这都什么时候了？他们空手迎战，对方有备而来，摆明了是被人暗算了，他居然还在挑衅？不想活了吗？

怎么办？这要是真的打起来，这家伙一定死定了。

"你在做什么？"毫无征兆的，白果儿的衣领被身后来人揪了起来，白果儿还来不及反应，那人已经狠狠一把推着她撞开了面前的铁门，"喂！门口有个圣亚的人在偷看。"

好痛……冷不防撞到了额头，她眼眶里顿时蒙上了一层水雾。

"圣亚的？"黄头发少年立刻眯起眼睛朝她看过来，"哟，裴子洛，你们还带了女人来啊？是不是有点太不把我们放在眼里了……"

一时间，那些人的视线通通落到了她身上。

白果儿不由得抖了抖，红着眼睛抬头看去。不偏不倚，刚刚好对上了那张无比震惊的脸和大大张开的嘴巴，这是她从未在裴子洛脸上看到过的表情。

有那么一瞬，白果儿甚至不合时宜地想——可惜了，他的浅黄色镜片挡住了眼睛，不然他的表情一定更精彩……

"胖兔子？你怎么会在这里？"他的声音充满了不可思议，"你跟踪我？"

"我……"手足无措地站着，她心虚又害怕，红着眼没说什么。

"该死的。"他突然大声咒骂了一句，在所有人都没回过神来的时候，猛地迈开长腿向她这边冲过来。

白果儿愣愣地看着他。仿佛只有短短几秒，原本抓着她后衣领的不良少年已经被踹翻在地。

## 第七章

### 与 大 魔 王 的 和 平 条 约

他毫不犹豫地一脚踩住那人的手腕，眨眼间抢过对方手中的棒球棍并且一把将她扯到自己身后。

所有的事仿佛发生在一瞬间，所有人都愣在原地，没有任何反应。几秒后，那倒地呻吟的不良少年拉回了所有人的注意力。

黄毛少年脸色一变："裴子洛，是你找死。"

"跑！"她被他从里面推了出去。

浅黄色的墨镜不知何时掉了，那双大而亮并且狭长上扬的桃花眼渐渐消失在眼前被重新关起的破旧铁门后。

白果儿全身脱力地跌坐在地上，瞪大眼睛看着面前的铁门，听着里面此起彼伏的叫骂声和乒乒乓乓的打斗声。

裴子洛，那个混世魔王，刚刚是不是在保护她？


3


不行！她才不要欠他人情。不知道从哪里来的勇气，白果儿从地上弹了起来，吸足一口气冲着那铁门的方向大吼道："你们别打了，我刚才在门外已经报警了，警察马上就会到！"

空旷的废墟中回荡着她吼声的尾音，里面的混乱声停下了。

白果儿，加油，你行的。狠狠给自己打了打气，她一鼓作气，咬牙重新冲过去一把推开了那铁门。

里面那些扭打在一起的人果然都停下了动作，侧头看着她。此时此刻，裴子洛正一手揪着那黄毛少年的衣领挥起拳头，但是拳头瞬间定住，裴子洛像是见了鬼似的瞪大眼睛盯着她。

顾不上许多，她再次深吸了一口气，冲那些不良少年们大吼："警察马上就到，把你们通通抓起来，我现在就去门口等他们过来！"接着白果儿转身就跑，不给那些人反应的机会。

"胖兔子！你——"

"该死！那女人说的是真的？"

"要死了，这可不行……"

身后传来骚动声和不安的咒骂声，白果儿不管这些，一溜烟跑到了教学楼里，躲到角落，远远看着仓库里原本扭打成一团的不良少年们纷纷站起来走到门口张望。

有效果！她掏出手机，打开音乐开始搜警鸣声……

"滴嗡滴嗡滴嗡——"

就是它！白果儿眼睛一亮，将音量开到最大。紧接着，她又扯开嗓子冲仓库那边吼："快来啊，快来啊！打架的人在那边！"

仓库门外，那些原本都在张望的不良少年们顿时乱了阵脚，不由分说地扔下棒球棍就往后门跑。转眼的工夫，只剩下那个混世魔王一个人

## 第七章
### 与 大 魔 王 的 和 平 条 约

站在门口向四周张望着，没有离开。

这家伙，也太嚣张了？还不跑？松了一口气的白果儿从角落走出来，任由月光将自己所在的地方照亮。那个少年一眼就看到了她，不知为何，她似乎看见他长舒了一口气。

然后，他向她走过来。相对无言，唯有刺耳的警鸣声还在回荡着。月色下，白果儿愣愣地抬头看着面前的人，而他也正低头看着她。

那双黑白分明的桃花眼闪烁着星子般璀璨的光泽，狭长而美丽，眼尾微微上挑着又带着几分风眸的感觉，好看极了，这个混世魔王居然有一双这么美的眼睛。

突然，他扑哧一声笑起来，脸颊两侧深深的酒窝看得人不禁心醉："你不嫌吵？"他自然地从她手中拿过手机，关掉了音频，然后又将手机放进了她制服的口袋里，"傻掉了？"他轻轻弹了弹她额头。

白果儿顿时回过神来，涨红了脸。真可怕，她居然会觉得这个混世魔王长得好看极了？幻觉，绝对是幻觉……她慌张地打掉他的手，眼神往旁边飘："你……你怎么不跑？"

"喊，还不是怕你这个笨蛋胖兔子笨手笨脚留下来惹麻烦。"

白果儿一愣，再次看向眼前的人。他漫不经心地扯了扯嘴角，仿佛感觉不到自己那流血的伤口。他是担心她才独自留下来的？哪怕是有可能会被抓到？这个家伙，好像没有看上去的那么讨厌……

"喂，裴子洛……"心里漫过一丝说不清的感觉，白果儿不自觉地戳了戳他胳膊，"赶紧走吧，这里太不安全了。"

他低头看着她，美丽的眼睛明亮得像是夜空中皎洁的月亮："怕什么，有我保护你。"

4

经历了对她来讲十分惊心动魄的一幕，白果儿晚上失眠了，以至于第二天顶着两只熊猫眼出现时，惹来韩韩一阵笑话。

"我说亲爱的果儿，你要不要这样激动？你的夏大学长跟你一起播音，把你高兴得睡不着觉吗？"

"我都说了好几次不是这样的，你真是……而且，昨天晚上就和你说了，幸运密码的音频主人不是学长。"白果儿叹了一口气，无奈地耸了耸肩，"白忙活了一场，之前还闹出那么多事情来，高兴什么？"

"抛开这些不说，你能有这样一个和你偶像夏大学长一起播音的机会不是很好吗？别唉声叹气的。"韩韩伸手拍了拍她的肩，顺便向她挑了挑秀眉，"果儿，你敢说不是？"

白果儿闻言，想了想，脸上渐渐带上几分兴奋："好吧，确实是，昨天晚上广播结束之后其实我真的超开心的，可惜后来我……"白果儿活生生把差点脱口而出的话咽回了肚子里。

"可惜后来？"韩韩敏锐地嗅出了一丝异样，立刻凑过去问道，"怎样？"

"没怎样……"她心虚地喝了一口水。

"不对劲，我总觉得你有事没告诉我，昨天晚上给你打电话就感觉你怪怪的……"氧气少女一双美眸瞪得老大，探照灯似的盯着自己身边的女孩。

"幕韩女神。"突然，前面一个戴眼镜的男生打断了她，涨红着一张脸传达着信息，"老、老师叫你。"

"叫我？什么事啊？"

"好像是今年校园歌手比赛的事，戴雅病了，老师希望你能代替她参加。"

闻言，韩韩不可思议地指了指自己："让我参加校园歌手比赛？没搞错吧？谁说的我会唱歌？我天生五音不全啊。"

"可、可是老师……"

"算了，我自己去说吧。"事关脸面大事，韩韩站起来就要走，走出两步又回头看她道，"我先走了，下午过去找你，别忘了跟我坦白交代昨天的事。"说完她就风风火火地走了，没有半点身为超级美少女的觉悟。

白果儿舒出一口气。太好了，逃过一劫……

萌物
便利店

不是她故意不告诉韩韩，实在是昨天的事发生得太突然了，她一时之间也不知道该怎么说。

而且，有关裴子洛那个家伙……要是说她卷进他们不良少年的争斗之中，韩韩恐怕又要大呼小叫一阵了。还是不说了吧？反正也不会有什么关系。

打定主意，白果儿又喝了一口水，起身往教室走。

"果儿。"没走几步，身后一道熟悉的清冽嗓音叫住了她。

转身看去，身披阳光的少年带着明媚的笑容朝她走过来。就像个磁场一般，无数道视线顿时黏在他身上紧跟着聚集过来。

可向她走来的少年却永远像是没看到其他人一般，直勾勾地看着她微笑着，让白果儿不自觉地脸一红，很是不自然。

"游希。"

"果儿，我有事想跟你商量，正在找你，没想到在这里碰到你了。"这个少年像个天生的发光体一般，让人忍不住想靠近却又觉得自己没有靠近他的资格。

"跟我商量吗？"白果儿吃了一惊。他堂堂学生会副主席，有什么事需要和她商量啊？

"嗯，对。"他侧头笑了笑，"这件事还真的要拜托你帮忙了呢。是这样的，果儿，你知道最近正在准备的学院歌手比赛吗？今年这场活动是由我经办的，也是我组织的第一场大型活动……我在想，能不能借用一点点你广播节目的时间,为这次的比赛做一些推广?"

闻言,白果儿微微一愣,随即忙不迭地点头:"可以!可以!我这段时间以来给你添了那么多麻烦,还受过你照顾,正不知道该怎么谢谢你才好……如果有我能帮上忙的地方,我一定努力配合你。"

"真的吗?"

"当然是真的。"

"谢谢。"面前的少年笑得越发灿烂起来,"果儿,那就这么说定了,我准备好之后给你发信息。"

"好的,没问题,我随时等你消息。"

"那我先走了。"

"嗯嗯。"看着他走远,白果儿开心地挥挥手,舒出一口气。真好,没想到她还可以帮到他。

"你们听到没有?游希居然要借用她的广播?"

"你看她那个得意的样子。"

"仗着幸运密码厚着脸皮追夏学长!现在夏学长把她甩了,她又把目标放在游希身上了是不是?"

周围的声音从窃窃私语变得越来越大,越来越多的凌厉视线从四面八方投过来,聚集在那个站在阳光下一脸傻笑的少女身上。

　　让她没想到的是，游希居然是个那么有效率的人。跟她说了借用广播节目的事之后，当天下午他就带着方案书来找她了。紧接着，他就正式入驻了她的广播节目，开始和她一起播节目，和她配合着聊一些学院歌手比赛的事情。

　　"我说白果儿，你到底是怎么想的？"晚饭过后，韩韩留在她家里，窝在她的小床上玩手机，"现在论坛上关于你和游希的八卦已经多到快爆炸了，说你什么的都有，你干吗要答应他这种事情？不回避也就算了，还反过来给自己惹麻烦。"

　　"没办法啊，本来就是因为我那个幸运密码的事情害得游希总是上被论坛八卦，这次能帮上忙我哪能拒绝……而且，你看我最近这几天节目的收听率和关注度都直线上升，我才应该谢谢游希。"

　　闻言，玩手机的韩韩一愣，然后仔细想了想："说得也是……不过我倒是很奇怪，咱们学院有那么多收听率比你高几倍的节目，游希怎么偏偏选择跟你这档合作宣传？"

　　"所以说啊，我还要谢谢游希，这件事也不能完全算是我帮他，硬要算的话也是互帮互助吧。"

　　撇了撇嘴，韩韩继续玩手机，"可我还是觉得有哪里奇怪……对了！"突然，韩韩拔高了嗓门，正在看书的某人冷不丁被吓了一跳，回头瞪她。

"果儿！我在想，幸运密码的音频主人会不会是游希啊？你想想看，最近你身边走得近的异性不就是游希吗？这很有可能啊。"越说越激动，韩韩干脆从床上弹起来，凑到她桌前，"我才想起来，游希之前有一次竞选演讲我去听了，声音也是一等一的好听，说起来，那时候你的夏大学长好像还有意向将他拉进广播台呢。"

消息来得太突然，白果儿愣住了。游希……幸运密码的音频主人？她之前从来都没往这上面想过。

"真的！果儿，据我所知，幸运密码绝对不会出错的，之前也没有出错的情况，我之前也跟你说了，就因为这样所以才那么火爆，大家都想得到它。"韩韩双臂环胸，一脸严肃地分析着，"由此可以推断，既然幸运密码提到过录音的人是在你身边的人，这个音频的主人就一定是你认识的人，既然不是夏学长，最近你身边走得比较近的异性也就是游希了吧？况且，他现在还进了你的节目，和你一起广播……你想想，是不是可能性很大？八成就是游希了。"

"等会，等会，我要被你说晕了。"珠圆玉润的少女哭笑不得地挠了挠头，然后眨了眨那双葡萄似的黑眼睛看着站在自己面前的人，"刚刚才提起游希，怎么就断定是他了……"

"难道你能说我分析的不对？"在这位美少女的虎视眈眈之下，白果儿仔细想了想。好像有点道理……她身边接触比较多的异性也就剩下最近每期节目都跟她在一块的游希了吧？

"可是……"

"没有可是，白果儿，难道你不想搞清楚那段音频的主人到底是谁了吗？"

"当然想！"听到了那么好听的音频，而且还知道它的主人就在自己身边，怎么能忍住不去搞清楚到底是谁呢？

"那不就行了？还有什么可犹豫的？抓住机会，弄清楚到底是不是游希不就好了？我可是很期待幸运密码的神奇之处呢，虽然不能亲身体会了，但好歹是发生在身边的，你可要给我好好把握。"这位氧气美少女一甩头发，果断替她确定了新的目标。

游希吗？白果儿开始回想与这个人的每一次接触。

那张干净清澈又精致英气的少年脸庞浮现在脑中，仿佛是从漫画里走出来的一般美好，他总是带着一身阳光的味道，及时出现在她每次特别狼狈的时候。

如果说夏慕辰是让她崇拜仰望的偶像，那么，游希之于她，就像是在困难中保护她的王子……

少女圆嘟嘟的脸染上了几分红晕。会是他吗？

# 第七章

与 大 魔 王 的 和 平 条 约

6

时间过得比想象中要快得多，转眼间，一个星期就这么轻易地在忙碌中度过了。

没错，她真的很忙碌。如果说当时追逐夏学长的脚步还要花很多精力摸索规律的话，那么，想要追上游希的节奏，那真的是就算摸到规律也无济于事。

游希的行程安排实在太满了，除了上课之外，每一个课间都在奔波于处理各种各样的事情，甚至于细小到某一个学生突然出现的问题……他总是一副阳光明媚、不急不躁的模样，井井有条地将所有大大小小的事情漂亮地处理好。

这让她不得不感叹，这个少年实在是太优秀了，仿佛生下来就应该坐在领导者的位置，明明年纪并不大，能力却强到这种程度。品学兼优，名不虚传。

虽然每期的广播他们都会一起，但实际上，她真的没有机会试探他关于音频的事。

每一期的节目，游希都提前准备好了当天广播的内容，有时会讲一些往年比赛的趣事，有时会聊一些目前院内呼声较高的人气选手，内容充实极了，完全不会浪费一分钟时间，像是一个出色的节目编导。

原本，她以为就只是简单的宣传而已，没想到自己的节目却因为他的策划而变成了超高人气和收听率的趣味性节目。

也因为这样，她根本没有机会跟游希聊一些其他的事情，因为他从来不会将时间浪费在跟她闲聊上。

白果儿常常会觉得，虽然最近总是能见到他，近在咫尺，但是，她总觉得他们之间像是被一堵无形的墙隔开了，距离甚远。

"果儿。"课间，韩韩照例又出现在她的教室里，坐在她前面的座位上，水灵灵的美眸看着她愁眉苦脸的样子，"怎么了，你怎么像是被霜打了的蔫茄子似的？"

没心情说话，白果儿点了点头。

"因为跟那位移动发光体进展不顺利的事在烦吗？"韩韩皱了皱眉，有些不解，"不至于吧？果儿，你是不是要求太高了？我最近看论坛的那些帖子，铺天盖地都是你跟游希在一起的照片，看起来蛮亲密的啊……真的有像你说的那么不顺利吗？"

闻言，白果儿突然抬头看着眼前的美女，一眨不眨。一时间，两个人相视无语。过了半分钟，韩韩被她盯得有些发毛："干吗这么看我？还以为你要说什么……"

"你是不是怀疑我对你说的话？"白果儿心里升起一阵难以言喻的委屈，"你现在也相信了论坛上的那些是不是？"

韩韩顿时瞪大眼睛，忙不迭地摆手："天地良心，我可没有，我怎

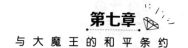
么可能怀疑你？白果儿，你可别诬陷我。"

"那你干吗那么问？"圆嘟嘟的脸写满了委屈，那双葡萄般的黑眼睛蒙上了一层水雾。

她真的很无奈，论坛上那些帖子里面的照片她也都看了。连她自己都承认，那些照片里的他们两个看起来确实很亲密的样子。所以，连她自己都吃惊，这些照片是怎么拍出来的？连她自己都不知道她和游希有这么亲密，明明是正常到不能再正常的相处……

"我的意思是，这些照片奇怪。"韩韩瞪圆了一双美眸，恨不得从眼中蹦出'清白'两个大字来证明自己，"你可不能误会我，你是我最好的朋友，我怎么可能怀疑你嘛！你个没良心的，我为你可是操碎了心的，居然误会人家。"

吸了吸鼻子，白果儿红着眼睛看着她。

"好啦，我知道你最近压力大，那么多大嘴巴天天在嚼舌根，论坛上还有那么多键盘侠，我不怪你。"韩韩不忍心看她那副样子，无奈地叹了一口气，单手托腮，"不过这真的很奇怪，就像你说的，你们明明完全没有进展，但是关于你们的照片和八卦却传得快翻天了。你不觉得很奇怪吗？"

谁说不是呢？白果儿在心里默默流泪。

只能说学校里的偷拍者太有当专业狗仔的潜力了，居然能抓拍到连她本人都从没感觉到的亲密时刻。

"算了，不想了。"她舒出一口气，努力赶走那些坏情绪，"还好没有因为那些八卦影响比赛的宣传，不然我真的太对不起游希了。"

韩韩点了点头："嗯，确实没影响，这次宣传很成功的，我看现在整个南区都知道了咱们学院这届歌手比赛的事了，声势够大了，以前可从来没有过，你不用担心这个了。"

说着，韩韩皱了皱眉头，她怎么忽然觉得有哪里不对劲，隐隐有种不祥的预感。

"女神！"突然，教室门口一个面露羞涩的男孩高声打断了她，"下节课临时换课了，咱们要去北楼生物实验室。"

"好的。"韩韩起身拍了拍她的头，"我先撤了，中午见，给你买奶茶。"

白果儿为了让好友放心，配合着比画了个"OK"的手势，"一言为定哦，快去吧。"

白果儿没想到，接下来的几天，韩韩不祥的预感就应验了。

口袋里的手机震动了几下，她拿出来打开屏幕锁。

"丑八怪，离游希远一点。"

"白莲花心机女快滚出圣亚。"

"别招惹游希。"

眼睛一黯，她默默点了删除键。从前几天她的号码被人曝了出去开始，这样的信息就接连不断地发到她的手机上了。

这件事她还没告诉韩韩，韩韩要是知道的话，一定又会自责，觉得都怪她非要带她去那个萌物便利店拿到了幸运密码，才会让她被那么多人嫉恨。

但白果儿心里清楚，错的是那些人身攻击她的人们，与韩韩无关。所以，她不想再因为这些事让韩韩着急担心了。如果这些是她必须要面对的，那么，她应该自己学着去处理这些，学着调整自己的心态，虽然她暂时还做不到完全不受这些信息的影响。

"白果儿，有人找。"她抬头看去，一个高挑并有着健康肤色的短发大美女出现在她教室门口，湛蓝色的眼睛微微眯着，透着凌厉的光。

黎雪莉？她的心微微一沉。

众目睽睽之下，门口的女生直接冲她扬了扬下巴，像是一只充满了攻击性的豹子："叫你呢，给我出来。"

白果儿咬了咬下唇，皱起眉看着黎雪莉。

"怎么？我亲自来这边叫你都不行？是不是要我走进去把你'请'出来才可以？"

课桌下，她攥了攥拳，只能起身走出去。黎雪莉的个子很高，站在她面前微垂着眼轻蔑地看着她，有种居高临下的感觉。

"跟我走。"说着，她转身就要离开。走出几步，侧头不屑地看了眼站在原地不动的白果儿，"难道你想让我在这里说？"说完这句话，

她看也不看她一眼，继续往前走。

她还有选择吗？垂在两边的手攥得紧紧的，白果儿咬了咬牙，跟了上去。

# 第八章

大魔王的星光游乐园

1

本以为黎雪莉会将她带到偏僻的地方，白果儿都已经做好了最坏的心理准备。然而让她没想到的是，黎雪莉刚走出教学楼后不久，就停在了学生们来来往往的前廊广场上。

烈日一如既往地悬在高空，照耀着那一张张写满了青春的脸，那些路过的学生们很快便被蜜色肌肤的高挑美女以及跟在她身后的那个脸色稍白的小女生吸引了注意力。

他们很快停下脚步在四周围了起来，一个个兴致高昂地对那个有着一张圆脸的小女生指指点点地议论着、笑话着，丝毫没有人去考虑，那个看起来甚至有些可怜的小女生此刻会有多么慌张和无助。

黎雪莉转过身微扬着下巴看着她，双臂环胸，不远不近地站在她面前相隔几步的地方。

周围众多视线火辣辣地刺在她身上，毫不遮掩，令人有种想要钻进地缝里的冲动。白果儿攥紧了双手强迫自己不要躲闪，抬头看着那个豹子般的高挑少女，眉头紧紧皱着。

"白果儿，我上次警告过你的话，你不记得了么？"她冷冷一笑，混血蓝眸凌厉地眯了起来，"看来你的记性不太好，但我黎雪莉说过的话，可从来都不是闹着玩的。"

来不及反应，冰冷刺骨的水毫无征兆地从她头顶浇了下来，甚至还夹杂着许多冰块。十几秒的时间像是过了一个世纪那么久，久到令人有种窒息的感觉。

太阳如此明媚，周围是里三层外三层青春洋溢的少男少女们，花一般美好的脸庞——但，就是这一刻，她却如同置身空无一人的凛冬地狱中一般……寒冷入骨。

见了这一幕，原本围观的那些人纷纷震惊地倒抽了一口气，神色复杂地看着她无助的样子。

有些人皱起眉，开始小声议论起来。

"那个黎雪莉做得太过分了吧？"

"难怪那么多人都不喜欢黎雪莉……"

"怎么样？现在清醒了没有？再告诉你一次，离游希远一点，游希是我黎雪莉的。"

　　冰水浇湿了白果儿的全身，从头到脚，冰水不断地从她身上往地面上滴落。白果儿从来没有觉得这样冷过，她甚至无法抑制住身体的颤抖，就算她咬紧了牙攥紧拳头也无济于事。

　　高挑美丽的女生在她面前表情狰狞地威胁着，嘴巴一开一合，白果儿却觉得她的声音已经离自己越来越远了。

　　周围的人们叽叽喳喳地议论着，看着她狼狈的样子，有些人很不忍，有些人很慌张，也有些人依旧在看热闹。渐渐的，她开始觉得眼前的光变暗了，她该不会要被这冰水淋晕了吧？

　　脑中才刚闪过这样一个念头，她就眼前一黑，脚下一软，无力地向后倒去……

　　"胖兔子？"一双修长的大手稳稳托住她，原本冰冷的身体被揽进了一个无比温暖的怀抱，熟悉的张扬嗓音随即响起，"几天不见，居然又变成落汤鸡了？"那股温暖仿佛在一瞬间传入了她的身体中，驱散了直抵她心底最深处的寒意。

　　"裴……"眼前的黑暗渐渐散开，所有感觉和意识随着那温度重新回到了她身上。灿烂的阳光从他身后落下来，映着他挑染成五颜六色的夸张爆炸头，变成光点在他的墨镜上闪烁。

　　裴子洛。

　　在她看清他的相貌前，她就已经知道是他，那个曾经把她气到抓狂的混世魔王。

"能认出我，看来还没被浇傻。"见她睁眼恢复意识，裴子洛扶着她重新站好，随手将披在身上的机车外套扔在她身上，顺便大手一伸，将她贴在脸上和挡住眼睛的头发抚到两边。看着她通红的圆眼睛，他伸手捏了捏她的脸颊，接着转向了另一个方向，声音透出几分少见的火药味："男人婆，是你在欺负这只胖兔子？"

周围七嘴八舌的讨论声戛然而止，而眼前那个高挑的美丽少女脸色顿时一沉，咬牙切齿："裴子洛？怎么又是你？"面对这个全校乃至整个南区都闻名的混世魔王，黎雪莉明显不想与他有过多的接触，"这里没你的事，赶紧走，我们井水不犯河水。"

"走？"那少年嗓音中透出几分陌生的冷酷，令人生畏。

白果儿下意识地抬头，从她这个角度，刚刚好看到他墨镜下面那双美丽的桃花眼此刻危险地眯了起来。

他不怒反笑，薄唇弯起一道轻佻的弧度："本大爷是走是留，什么时候轮到你这个丑八怪来指手画脚？"

"丑八怪？"恐怕是从未被这样说过，那如豹子般美艳凌厉的少女顿时瞪大一双蓝眸，"你说我是丑八怪？"

"关爱动物懂不懂？我都懂，你却在众目睽睽之下欺负一只胖兔子。简直坏得无药可救啊，丑八怪。"

"裴子洛！你！"刚才还高高在上如同女王一般的黎雪莉此刻已经气到表情有些扭曲。然而，她的跟班以及周围所有围观的人却仍然不敢出声。

那些原本一直在叽叽喳喳议论的人们纷纷都闭上了嘴，一脸后悔刚才为什么没走的样子。眼下碰上了那个臭名远扬的混世魔王，真是想走也不敢走了……开玩笑，谁知道这时候突然离开会不会被他盯上？还不如跟大家一起站在周围不动，尽可能让自己的存在感降低……

黎雪莉一双湛蓝色美眸瞪得老大，仿佛要吃人一般。但是，那一个"你"字之后，她终究还是没有再说什么其他的话，只是死瞪着他，咬住下唇。

"走了。"没等白果儿回过神来，一只温暖大手突然抓住了她冰冷的手腕，她任由他拉着自己往前走。

不用他说什么，围在前面的那些人自动让开了一条路，连黎雪莉的那两个跟班也默默缩了回去，唯有那个豹子一般凌厉的美女还倔强地不肯退后。而他却仿佛没看见似的，没有多说半个字也完全没有怜香惜玉的意思，胳膊撞上了她的肩膀，直勾勾撞开了她，一步不停。

"白果儿。"半晌，气急败坏的女声不依不饶地从后面追来，"别以为这样就算了，你听好了，游希是我黎雪莉的，如果你再敢纠缠游希，我绝对不会放过你。"

她下意识抖了一下，那只握着她手腕的大手敏感极了，像是感受到了她的不安一般，加大了几分力气，无声地安抚她。

2

不知不觉裴子洛已经拉着她走出了校门，两人沿着街不知走了多久，也不管路过的行人那些异样的眼神。

从头到脚都湿漉漉的狼狈少女一边抽泣一边慢慢走着，像是要靠这种方式来发泄掉闷在身体里面的委屈。圆圆的小脸不复往日红润，有些苍白。那双被眼泪浸湿的圆眼睛也不见平日里的温暖和喜感，看上去雾蒙蒙的。

白果儿像是一只被人抛弃的小兔子，可怜极了。在她的身后，跟着一个顶着五颜六色爆炸头的不良少年，高挑挺拔的个子在太阳的照耀下在地上拖出了一道长长的影子。

他戴着的墨镜挡住了眼睛，以至于看不全他的样貌。尽管如此，他那精致的面部轮廓、笔挺的鼻梁以及蔷薇般不点自红的薄唇却仍然能吸引人的目光。

　　然而，精致的外表敌不过他身上散发出的生人勿近的可怕气息，再加上那身非主流的打扮，让路过的人看过一眼之后就不敢再看第二眼——谁也不愿意招惹上这样的刺头，给自己添麻烦。

　　但这个看上去就非常不好惹的不良少年却一直安安静静地跟在前面那个看起来可怜又狼狈的少女身后，不知已经跟了多久，终于，那个少女停了下来。她转过身，那个不良少年僵在了原地，极其不自然地观察着她。

　　"喂，裴子洛。"白果儿吸了吸鼻子，憋住眼泪。

　　眼前的混世魔王嘴角似乎抽了抽："胖兔子，你干吗突然直呼我的大名？吓我一跳……"

　　吓一跳？他有这么胆小？虽然心情很糟糕，但听他这样说，白果儿还是忍不住在心里吐槽。算了，不跟他纠结这些细节。她深深吸了一口气，然后缓缓呼出去，平复心情："那个……谢谢。"后两个字像是蚊子哼哼似的从牙缝里挤出来，话音刚落，她原本有些苍白的脸蛋已经开始发烫。

　　真是世事难料……想想第一次见到这家伙的那天，她是打死都不会想到有一天她会向他这样的人道谢。

　　面前的家伙似乎没听清，又像是没反应过来。片刻后，他不自然地咳嗽了几声，然后尴尬地挠了挠爆炸头："胖兔子，上次你帮过我，这次算是扯平，好吗？我还你人情了。"

原来是还她人情啊……白果儿抿了抿嘴，心底的一抹异样感一闪而逝，快到连她自己都没发现就消失得无影无踪。

"知道了。"她点了点头，水依然顺着头发往下滴着。

一时间，相对无语，裴子洛看着她，突然，大手轻轻拍了一下她的头，接着再一次握住她的手腕大步流星地往前走。

"你要干什么啊？"白果儿冷不防被他拽着往前走，吓了一跳。

"胖兔子，今天我心情不错，带你去逛逛。"

心情不错？她差点想踢他一脚。这家伙果然是个混蛋，难道看不出来她现在心情非常不好吗？而且就说她现在的样子，视力正常的人都能看出来完全不适合去逛逛吧？

"不行，我不想去。"

"怎么？心里不舒服？拜托，就因为这样才更应该去逛逛啊，让你开心起来。"

"我……那个，你难道不上课了吗？"

"我什么时候按时上课过？"

"那我要去上课的啊。"白果儿抗辩着。

"你都成落汤鸡了，还上什么课啊？"混世魔王完全不为所动，大手一挥，就决定了她的行程，"放心，胖兔子，我已让他们转告你那

个朋友了，幕韩是吧？她会替你向老师请假的。"

"什么？你、你让谁去告诉韩韩的？"白果儿几乎倒抽了一口凉气。韩韩如果知道她是被这家伙带走的，不知道要急成什么样子了……

"我的小弟们啊，有什么问题？行了，别啰唆了，想那么多你不累吗？今天就跟着我，好好放松一下吧。"

不累吗……这三个字让白果儿突然不想再挣扎了，是啊，这段时间发生了那么多的事情，说不累怎么可能。

有时候，她真的很委屈。

她的小小世界本来一切都好好的，风平浪静，可就因为莫名其妙地得到了一个所谓的幸运密码就被折腾得天翻地覆。

这到底是为什么呢？那个幸运密码为什么有那么大的力量？算了，不管了。就像这个混世魔王说的，今天就好好放松一下吧。

虽然白果儿已经做好了豁出去跟着他走的心理准备，然而，十分钟后，当他拽着她大步走进商场里的时候，她还是忍不住拼死抵抗起来："裴子洛你干吗带我来这里啊？我不要啦，你没看到大家都在看我们吗？我这样子怎么好意思去商场里面啊？你快放手啦。"

"拜托，就因为你这副鬼样子才要来商场啊，不然你让我带一只傻乎乎的落汤鸡出去玩？"白果儿力气不及裴子洛，最终被拉进了商场。

当他们离开商场的时候，已经是两个小时之后了。她不得不感叹——这个家伙今天真的是出人意料的有耐心。不但督促着她试了好多套衣服和鞋子，甚至还陪着她洗了个头发做了个简单的编发造型。

裴子洛将她湿漉漉的衣服都放在商场的寄存处，再次走在阳光下，她已经不是那个浑身上下湿漉漉的狼狈落汤鸡了，可路过的行人们却依旧向她投来了不少视线。她下意识地看了眼街边店铺的落地玻璃窗，打量着里面映出来的自己……

泼墨般的黑色长发被编成了调皮又活泼的蝎子辫，从右侧编起覆盖了整个脑后，而后粗粗的辫子从她左肩这边垂下，搭在她胸前，耳边还别着一个精致的小雏菊发卡。

她身上穿着一条奶黄色和白色条纹相间的高腰连衣裙，长及膝盖，露出白皙的小腿和纤细的脚腕，将原本有些圆润的她衬得多了几分清秀。背上一只小巧的草编包，再加上脚上穿着的那双带着三厘米小高跟的白色凉鞋，越发拉长了她的身材比例。她圆溜溜的黑眼睛亮晶晶的，整个人显得白里透红，元气十足。

"这种风格果然很适合你。"玻璃的反光中，那顶着五颜六色爆炸头的少年居然和她一起在打量着她的新模样。

白果儿的脸顿时涨红了，连忙转回头一本正经地看着前方，两只手不自然地扯了扯细细的包带："我、我会把钱还给你的。"

"什么？"他一时没反应过来。

　　白果儿指了指身上的衣服，旁边的混世魔王扑哧一笑，慵懒地挠了挠头："算了，我不拿女人钱。再说，上次被你弄脏的那双鞋可比你这身行头贵多了。"说着，他大咧咧地伸出胳膊毫不客气地架在她头顶上，"只要你以后千万别再毁掉我的鞋，那我就谢谢你了。"

　　这家伙……被压住了头的某人涨红一张小脸。

　　他有这么高吗？个子高了不起吗……白果儿直接伸手掐了他腰一下，他顿时龇牙咧嘴地跳开。

　　"好痛，你这胖兔子怎么说攻击就攻击？"

　　"谁让你压我的头？"

　　"谁让你个子矮？"他长腿一迈回到她身边，直接抬起胳膊继续压住她的头。

　　"谁矮了？我是标准身高好吗？"白果儿不甘示弱地要继续掐。

　　这一次，那个混世魔王灵活地躲开了攻击，回道："哪里标准了？矮兔子。"

　　"可恶！"两个人突然闹起来，你掐我躲。

　　阳光下，那个不良少年模样的高挑男孩灿烂地笑着，白晃晃的整齐牙齿映着他双颊的酒窝，好看极了。

　　而他身边的少女，圆润的娃娃脸上透着淡淡的红晕，她瞪着一双宛若新鲜黑葡萄般的眼睛，微微嘟着嘴巴。裙摆飞扬，满是青春的味道，

直击了行人们内心深处的那片柔软。

路过的人看到他们笑闹的样子，不自觉地跟着笑着。

"胖兔子，休战。"突然，他大手一挥，直接揽住她的脖子，"别闹了，难得溜出来一天，跟我走。"说完，便不顾白果儿的挣扎，拖着她往某个方向走去。

3

南区星光游乐场。

大概因为今天是工作日，所以，这里并没有假日中人山人海热闹非凡的样子。白果儿手里拿着一个巨大的粉红色棉花糖，环顾着四周的游乐设施和前面穿着卡通工作服的工作人员，还有周围正在甜蜜约会的情侣以及带着小孩子的幸福洋溢的家庭……

他居然带着她来游乐园了？

"怎么样，胖兔子？开不开心？"旁边的混世魔王声音中透着几分平日里没有的兴奋。

白果儿侧头看他，这家伙此刻一手拿着一个巨大的棉花糖正在大快

朵颐呢!一边吃还一边眉飞色舞地说:"这里可是我从小到大最喜欢的地方,每周都要拉他们过来玩。"

看着他突然像打了鸡血般兴高采烈的样子,她一时间不知道该说什么。准确地说,她是不知道该如何吐槽。这个平日大家眼中的混世魔王、避之不及的可怕存在,眼下为什么像个小孩子一样?都多大了,居然喜欢游乐园?

亏她还以为,他可能会带她去什么酒吧、游戏厅、KTV之类的地方,甚至连带她去打架这种可能性都想到了,万万没想到会是游乐园。

"胖兔子,你快吃啊,这个奶奶卷的棉花糖特别好吃。"眨眼的工夫,这家伙已经消灭掉了手上巨大的棉花糖。浅黄色镜片后,那双漂亮的眼睛正直勾勾地盯着她手上的东西。

白果儿忍不住抽了抽嘴角,将它递过去:"我吃不了这么多,要不你……"话音还没落,他已经开心地将巨大棉花糖接了过去,一边撕一边扔进嘴里。

这画面太不搭了,真的太不搭了,她觉得格外辣眼睛。

"你吃呀。"那家伙撕下一条举到她嘴边,她只能张开嘴吃下。

"好吃吧?"他弯下腰凑到她面前。

"挺好吃的。"

"是吧?"他开心极了,两只酒窝晃得人眼花。

白果儿严重怀疑，现在站在她眼前的真的还是那个混世魔王裴子洛？不会是中途被换了吧？实在不想在棉花糖这个问题上继续下去了，她立刻张望四周，试图找到一个跟他比较搭配的项目。

有了！眼睛一亮，白果儿指向不远处的大转盘椅："裴子洛，我们去玩那个吧？"这种刺激的项目才适合他嘛，这家伙一定喜欢这些。

怎料，他看了一眼，直接翻了个白眼："不玩。"

看他不屑一顾的模样，白果儿心下了然几分……嫌不够刺激？嗯，果然，这才是他的作风。她又指向另一处："去玩跳楼机怎么样？"

"不玩。"

"那个呢？月亮神车？"

"不玩。"

"半空飞椅？"

"不去。"

某人一咬牙，一狠心："行，我陪你去玩疯狂过山车总行了吧？"

"不。"他还是一副不屑一顾的嘴脸。

白果儿无奈了："到底想怎样啊？疯狂过山车都不够刺激？你究竟想玩哪个？你来说，行了吧。"

"胖兔子，你是变态吗？到游乐园这么神圣的地方，怎么能玩那些？"裴子洛三下五除二吃光了巨型棉花糖，把竹签丢进旁边垃圾桶，

"走！"他拉起她的手腕，带着她大步流星地往游乐区走。

十分钟后。

旋转木马随着温馨悦耳的音乐声一上一下地缓慢起伏着，右上角方向的爆炸头也一上一下地起伏着，他张开双臂，像是要起飞一样，开心地向等在外面的小孩子们挥手。

旋转木马……白果儿的嘴角一直在抽搐。

"喂，裴子洛。"她忍不住叫他，"你认为的游乐园必玩项目该不会是旋转木马、摩天轮、碰碰车、夹娃娃这些吧……"

前面的人回头看她，毫不犹豫地大声回答："当然啊，不然呢？"

不然？没有不然，她已经彻底无语了。

欢乐的时光总是短暂的，一开始她和裴子洛是相顾无言，但是到后来她也渐渐被那个家伙的热情感染到了，跟着他玩遍了所有她心中的"儿童项目"。

但是，意外的是，她竟然也越发地开心起来。

不知不觉几个小时过去，当他们离开游乐园的时候，已经是傍晚七点多了。虽然裴子洛那个家伙还是很恋恋不舍，但是她坚持要回家了。

开玩笑，已经玩了一天了，如果晚上再不回家，不要说韩韩了，她妈妈肯定先一步打死她……

可能是今天玩得开心了，这个混世魔王竟然要送她回家。反正这里离她家并不远，她就同意了。

细碎的星星已经挂上了夜空，路边的街灯也亮了起来，将行人们的影子长长地拖在地上。没有了白日里艳阳高照的炙热，晚风轻轻吹过，舒服极了。

暖黄的灯光给裴子洛精致好看的侧脸镀上了一层淡淡的金色，从她这个角度看上去，有一种朦胧的美好。褪去往日的那份凌厉和不羁，此时此刻的他，就像是个童心未泯的大男孩。

心里不由得涌起一股暖流，白果儿轻轻笑起来："大魔王，今天谢谢你。"

他双手插兜，挑眉，侧头看她："胖兔子什么时候学会说谢谢了？真奇怪。"

冲他做了个鬼脸，白果儿难得心情很好，没有反驳回去。

"胖兔子，我要吃冰激凌，你请客。"他突然指了指前面。

顺着他手指的方向看过去，白果儿看到了夜色下那个别致又独特的便利店。这是……萌物便利店？最近发生了那么多事，她都好久没有来过这里了。

"愣什么神？你请不请客啊，小气的胖兔子。"

"谁小气了？"白果儿头一仰，"走着，请你吃。"

　　还好，今天萌物便利店里的人并没有多到挤不进去。再加上她身边这个人人避之不及的"煞神"，她很顺利地就走到了收银台。

　　"煞神"自觉地把选好的雪糕递过去扫码，然后半点不客气地撕开了包装。

　　"欢迎光临，您好，特制兔子雪糕二十块钱。"

　　白果儿习惯性地一摸口袋，然后一愣。糟了，她忘记了，这身从头到脚都是新衣服……

　　"小气的胖兔子。"身后的"煞神"好像早就料到了一般，故意在她头顶吐槽，顺便将二十块钱扔在收银台上。

　　她顿时涨红了脸，先是瞪了裴子洛一眼，然后有些尴尬地看向收银的人，没想到，这一抬头，不偏不倚地刚刚好对上了那双好看极了的狐狸眼。

　　"叶樱？"白果儿几乎是瞬间想起了他的名字。这个狐狸少年实在是太特别了，想不记得都难。

　　"果儿你好。"他礼貌地笑了笑，美丽的狐狸眼像往常一样狡黠又明亮，令人无法捉摸。

　　"你居然还记得我？"脸瞬间涨红，她惊讶极了。

　　"当然，本期幸运密码的获得者果儿，怎么会忘呢？偷偷告诉你，我们每一次的活动，都是经过精心设计的。"

"胖兔子！你走不走？"不等她再问什么，旁边的家伙突然恶狠狠地抱住她的脖子，不由分说地将她拖了出去。

出了萌物便利店，他松开她，气鼓鼓地往前走，狠狠咬着手上那支可爱的兔子雪糕。白果儿小跑着跟上，无语地看了他一眼。没能请他吃雪糕，他就这么不爽吗？

"那种娘娘腔有什么好看的？"他冷不丁开口嘟囔了一句："哪里有我帅？没眼光的胖兔子……"

"滴滴——"电动车突然按着喇叭经过。白果儿皱了皱眉："你刚刚说什么？"

"我说，"他恶狠狠地回头瞪了她一眼，"小气鬼，胖兔子！"

她实在对这个幼稚的大魔王不知道说什么好了，头疼地扶额，她凑上去看他："别生气了，我肯定会请你吃雪糕的。"


4


那天的风波过后，连续好几天，白果儿都没有在学校里碰到那个混世魔王，居然有点不习惯。

　　"果儿，那就这样定了，下午见。"迎着明媚的阳光，穿着整洁制服的游希在周围无数目光的注视下无比温柔地冲她笑了笑，然后走向了教务处那边的大楼。

　　"下午见……"白果儿尴尬地扯了扯自己的裙子，低下头默默走进教学楼。

　　如果说这几天还发生了什么不同寻常的事，那可能就是这一件了——随着校园歌手大赛的日期逐渐临近，游希越发重视每一次的宣传机会，为了能更好地跟她沟通节目内容。

　　最近的这几天他都会一大早去她家那边等她一起上学，然后路上跟她讨论当天的广播安排。

　　这是游希提出来的想法，既然她早就答应了要帮这个忙，当然要配合到底。于是，可想而知，她现在已经完完全全变成了全校女生排斥和讨厌的对象。

　　更无奈的是，关于她和游希的八卦居然衍生出了无数个版本，直接冲出了圣亚学院，流传到了整个南区每一个学校的论坛。

　　有的人惊讶于他们这现实版"灰姑娘和王子"的故事，有的人感叹幸运密码的威力实在太大，还有的人甚至开始搜索她的经历吐槽她是心机女……

　　"果儿！"胳膊突然被人抱住，熟悉的清香随即扑面而来。韩韩眨着那双水灵的美眸看了看周围那些仿佛要吃人一般的视线，皱了皱眉，"你今天早上又是跟游希一起来的？"

白果儿有气无力地点了点头。

"怎么回事啊你？我不是跟你说过了，避嫌！避嫌！不要再跟他一起来学校了，你怎么不听？"

"我也不想啊。"白果儿哭丧着一张脸，可怜巴巴地瘪起了嘴巴，"可是，我没有机会跟游希说。一出门游希就等在那里，还带了早餐给我，然后认真跟我讲节目内容的安排，根本就没有机会聊其他的。"

"你们俩该不会只聊公事了吧？其他什么私事都没聊？"

"对啊，不是一直都在跟你说我们只聊了广播的事，其他根本就没机会说。"

"不是吧？你俩每天这么一起上学，他还每天都去接你，晚上又一起广播……就一点儿进展都没有？"

"什么进展？"

"就是八卦上那些。"

"完全没有！我们就只是聊了宣传的事情，别说是那些八卦了，就连音频的事我都没机会开口问他。"白果儿幽幽地叹了一口气，"游希真的太认真负责了，除了公事之外，他什么都不会想，而且每次说完广播的事，他就立刻赶去处理其他事情了。早上也是，每次到学校都刚刚

好跟我说完新的内容安排，然后就走了。"

"不可思议，不能理解，无法想象。"韩韩瞠目结舌地感慨，"天才的世界果然不是我等凡人能探究一二的。"

谁说不是呢？某人无奈地点了点头。

跟夏学长就完全不一样，虽然想见到夏学长很难，当时也是抓住了一切机会，但是每增加一次见面的机会，她都会觉得实实在在地离学长又进了那么一点点……哪怕是很小很小的那么一点点。

但游希却不同，自从认识以来，几乎都是他主动出现在她身边，即使他们现在每天都会相处很久，但她却感觉，无论她怎样努力，即使使出了浑身的力气出击，都像是打在了棉花上似的……明明近在咫尺，可永远觉得远在天边。

"真不知道这个游希到底是怎么回事，难道是情商太低？全都长在智商上了？"韩韩还是百思不得其解，"这叫什么事？果儿，你说你，拉了那么多仇恨，还出了那么多力，结果那个家伙完全没有半点要跟你发展的意思！如果真的没打算跟你发展，那干吗要跟你走得这样近？他难道看不出来，你现在每天都因为他处在水深火热中吗？"

"韩韩，别说这个了，游希他平时那么忙，一定没关注过八卦论坛的那些事。"她想起她和他的八卦刚刚传开的那次，她鼓起勇气想和他道歉，结果他却完全没有在意。

一阵黯然后，白果儿忍不住叹了一口气："为什么就是没人发关于那个大魔王的八卦？"

前些天，从学校跑出去的那次所发生的事情她都在韩韩的逼问下告诉她了，韩韩难以相信的表情她到现在都记得很清楚……

"大魔王？你是说裴子洛？"

"是啊。"

"你怎么还有这种想法？"韩韩像是看白痴一样地看着她，"谁活得不耐烦了，敢去招惹那个混世魔王？"想了想，她又斜眼看着她，补充道，"除了你之外，恐怕没人脑袋进水了会去惹他。"

白果儿无言以对。说起来，她好像还欠那个家伙一个雪糕？

5

中午吃完饭，白果儿就早早告别了好友，来到了一个陌生教室门口。韩韩说得没错，她果然是脑袋进水了。

尽量无视掉周围的所有诡异视线，她小心翼翼地在教室门口向里面张望。

　　几乎只用了一秒钟，她就看到了那个顶着五颜六色爆炸头的家伙。

　　此时此刻，他正一脚踏在旁边的椅子上，一手撑在课桌上，一副凶巴巴的模样"折磨"着一个戴着近视眼镜正吓得瑟瑟发抖的乖学生："喂，你不是成绩很好吗？帮我和我的兄弟们把作业写了应该是很简单的事情吧？"

　　"我……我……"

　　"怎么？我这么有诚意地拜托你，你想拒绝？"

　　"不、不……我……"

　　"那就说好了？我们几个的作业，交给你了。"

　　白果儿一脸黑线，这个家伙，混世魔王的名号还真不是吹出来的。她清了清嗓子："裴子洛。"

　　那个五颜六色的后脑勺一顿，紧接着，吃惊地回过头，对上了她的眼睛。

　　两人相视无语，足足有半分钟的时间，然后他收起腿不再折磨那个可怜的学生，大步流星地朝她走来："胖兔子？我不是看错了吧？你居然来找我？"

　　不晓得是不是因为知道那些目瞪口呆的围观的人绝对不敢传她和他的八卦，面对这个大魔王的时候，她竟然觉得格外放松。白果儿调皮地扬了扬下巴："走，请你吃雪糕去。"

# 第八章

十分钟后，大魔王满意地吃上了他的雪糕，而他身边那个珠圆玉润的可爱少女也满足地喝上了她最喜欢的奶茶。两个人不紧不慢地在正午明媚的阳光下横穿校园，悠哉地往回走。

一路上遇到的所有人都不约而同地张大了嘴巴。明明惊爆了眼球，但一个个却尽可能地克制自己的眼睛不要乱看，假装没有看到这极其诡异的一对，生怕一个不小心就和那个混世魔王对视，连看都不敢直勾勾地看，更没有一个人敢说半句闲话了。

白果儿的心情好极了，她真是越来越不讨厌身边这个家伙了。

要知道，自从抽到了幸运密码之后，她已经很久没有回归到现在这种不被所有视线关注的轻松感觉了，而且还没有任何一个人敢对她指指点点。

整个人仿佛又回到了以前安静的生活，她越想越开心，突然灵光一闪："好吃吗？"

闻言，他侧头看她。从这个角度，她又顺利地看到了他浮夸彩色墨镜底下的那双美丽又极具侵略性的桃花眼。

"凑合吧。"他挑眉，嘴角却翘起了一道好看的弧度。两只酒窝立刻招摇地露了出来，泄露了他此刻很不错的心情。

"我们，"白果儿抬起头，咬着吸管，"就算是讲和了吧？"

"干吗？胖兔子不咬人了？"

　　她翻了个白眼，不跟他计较："我就当你默认了。"说着，她停下脚步，面向他，扬起那张白里透红的小圆脸，灿烂地笑起来，葡萄般可爱的黑眼睛直勾勾看着他。然后，她伸出了一只手："裴子洛，我们做朋友吧。"

# 第九章

英勇的王子有时
比魔王还危险

1

半分钟后，他大手一挥："谁要和胖兔子做朋友。"

"你——"刚要瞪眼，她忽然看到身边这个家伙低眉浅笑，脸上露出好看的酒窝，刚要爆发的怒火轻而易举就熄灭了，心冷不防狂地跳了几下，"不、不做就不做，谁稀罕。"

不自然地咬了咬吸管，白果儿别过脸去不看他，没想到，身边的人直接拍了拍她的头："胖兔子，你真是个笨蛋。"一向霸气嚣张的声音此刻听起来毫无攻击力，反而透着几分无奈。而他手上的力道也很轻，轻到她差点以为他是在摸她的头发。

脸一红，她头也不回地反驳："你才是笨蛋。"

"你是。"他毫不犹豫地点了点她的脑袋，"长点心吧胖兔子，别被人家卖了还帮人家数钱。"

# 第九章
## 英勇的王子有时比魔王还危险

闻言，白果儿无语地瞪向他。这个家伙，还真是莫名其妙，突然说这种话是什么意思？

"你还是担心担心自己吧。"翻了个白眼，她掰着手指数落起他的罪状，"翘课，打架，不完成作业，身上不知道背了多少处分，你呀，从今天开始夹着尾巴做人，烧高香祈祷吧，说不定还能保佑你顺利熬到毕业。"

"我才不会夹着——"大魔王刚要高谈阔论，不幸被一阵手机铃声打断了。

他突然停住的模样看得白果儿扑哧一下笑出来，差点把嘴里的奶茶喷出来。在他的怒视下，她心情不错地接起电话来："韩韩？"

话音未落，听筒那边火急火燎的声音已经追了过来："果儿，你现在在哪里？出大事了，你快看论坛，有一个抵制你广播节目的请愿帖爆红了！听说学生会那边已经开始着手处理了，有消息说你的节目可能要停播了……"

什么？怎么会这样？表情僵在了脸上，心跳仿佛有一瞬间的停滞。来不及多想，她迅速挂断了电话连忙打开论坛。

"喂，怎么了？"见她变了脸色，大魔王好奇地凑了过来，俯下身子也跟着她一起看手机。刚才还笑靥如花的少女，短短片刻的功夫，圆润的脸变得煞白，牙齿紧张地咬着嘴唇，眉头紧锁。

　　为什么要抵制她的广播？她的节目有什么错误内容要被投诉？广播播音是她一直以来的梦想，也是她一直为之努力的方向，更是她心中一方净土般的存在……无论最近的生活如何波折，但至少她还能一直做自己喜欢的事情。

　　请愿帖！大家一起来抵制"圣亚故事汇"这档广播！心机女主播利用节目之便勾引男神！

　　打开论坛，触目惊心的标题顿时出现在手机屏幕上，看得人心悸。

　　"这是什么东西？"愣神的瞬间，身边的人已经一把抢过了她的手机翻看了起来，看了几眼，就扯起嘴角奚落起她来，"胖兔子，看来，你要在我无法毕业之前先倒霉啦？好可怜呀，节目被抵制了呢。要停播了？这下不用那么晚才回家了，我看你也不用……"

　　"闭嘴！"白果儿突然大吼一声，某个毫无思想准备的大魔王被吓了一跳，"你说够了没有？"眨眼的工夫，那双黑白分明的圆溜溜的眼睛涨得通红，隐隐约约能看到其中的一层水光。

　　"你吼什么，我……"不等他再说什么，白果儿一把夺回自己的手机，头也不回地跑了。

　　不可以，她的广播绝对不可以被停，这里面一定有误会……

2

一口气跑到了学生会文艺部办公室门前，来不及平复一下呼吸，她着急地敲了敲门。

"请进。"

得到回答，白果儿想也没想推门走进去："学长！我是来……"她的声音戛然而止，文艺部办公室内足足站着十来个人，夏慕辰坐在中间，显然里面正在开会。此时此刻，所有的视线都集中在她身上。

"学长，我是不是打扰到你们了？"白果儿有些窘迫，脸上的表情也随之变得尴尬。

"没关系。"夏慕辰淡淡笑了笑，还是印象里温文尔雅的模样，"怎么了？你一定是有急事才这样跑过来的吧。"下意识地看了眼四周的人，她咬了咬下唇，一时间不知道该如何开口。

"果儿？"夏慕辰看着她的样子，半晌，似乎想起了什么，他声音放轻了几分，似乎在安抚她的情绪，"是不是因为论坛上的事情？"

学长他果然已经知道了，心一沉，白果儿一脸黯然地点了点头。而后，又焦急道："学长，我真的没有像论坛上说的那样！我真的不是利用节目接近游希，我——"

　　"没关系的。"他轻声打断了她，精致的眼镜后，那双狭长的眼静静望着她，眉心轻蹙，声音带着几分无奈，"这件事我知道，节目的情况游希之前也跟我说过，需要广播站多做配合，我考虑到最近的风波，所以推荐了他午间档的节目，但他还是选择了跟你这边合作，或许……"他停顿了片刻，看着她，"或许副主席有自己的打算吧，文艺部这边只是配合，不能过多地干涉学生会的安排。但是目前论坛上的事，确实闹得有些严重，我也没有想到会这样。果儿，我希望你不要受影响，做好自己的节目，其他的事情我来处理，如果有任何变动，我再去找你谈。好吗？"

　　夏慕辰的无奈和他周围那些干事们脸上对她的不屑形成了无比鲜明的对比，白果儿看着他，还想说些什么，但张了张嘴却终究不知道还能再说什么。是啊，学长说得没错，现在她能做的就只是做好她的节目，仅此而已。

　　"部长，直接把她的节目停掉不就好了？哪里用得着那么麻烦？"一个尖锐的女声陡然响起，打破了这短暂的安静，"广播站本来就是为大家广播，既然大家都不愿意听她广播，那就让她离开广播站啊。"

　　"我说过了，"夏慕辰淡雅的嗓音已先一步打断了其他人的发言，"这件事我是知道的，也是经过我的同意，学生会那边才将宣传合作定档在果儿的节目上，工作方面果儿完成得很好，收听率居高不下，

# 第九章

## 英勇的王子有时比魔王还危险

没有任何理由能够让果儿的节目停播。这件事不用再说了。"

"知道了，部长。"那个女生恶狠狠地剜了她一眼，不情不愿地答应着。

"果儿，还有其他事吗？"声音又放轻了几分，狭长的眼看着她。

瞬间回过神来，白果儿连连摇头："没、没事了，学长，我先走了。"不等他回答，她已经动作迅速地退出门外并且将门关好。

静静盯着文艺部的门足足半分钟，她的心情终于渐渐平复了下来。学长他真的是个很好很好的人呢，在这种情况下还力排众议地维护着她，更当着大家肯定了她的努力和做出的成绩，安抚她先不要着急。

长长呼出一口气，白果儿攥紧了拳头，学长说得对，她专心做好自己的节目才是关键，不能辜负学长的期待。


但事与愿违，她原本以为只要保证节目的质量，一切风波都会渐渐过去。

然而，从那天之后，她的广播收听率毫无征兆地开始暴跌，而论坛抵制帖的话题度却越来越高，甚至连很多其他学院的人都以游客身份进入了他们学校的论坛跟着凑热闹看八卦。

短短两周，她的广播节目线上收听率几乎变成了零，只有少得可怜的几个人在坚持收听。每一期节目播出后，广播站都会收到上百封投诉

信要求停播她的节目。

再次见到夏慕辰时，白果儿已经瘦了一大圈，两只眼睛因连续几天没有睡好觉而变得通红，整个人消沉极了。对于他的到来，她一点儿也不惊讶。

她黯然垂着头，坐在他面前。韩韩为了给她打气，也陪在她身边，整个广播站里只有他们三个人。

"学长，对不起。"

他摇了摇头，淡淡叹出一口气："你是无辜的，我知道。"

一时间，谁都不知道还能说什么。

"可恶。"韩韩突然火大地伸出纤纤玉手狠狠拍上桌子，发出一声巨响，她自己却浑然不觉，声音里满是愤怒，"难道就只能停播节目吗？果儿明明没有错，一直以来这样努力，难道就任由她们为所欲为吗？就因为那些人嫉妒，闹出这场莫名其妙的抵制，所以果儿就要被赶出广播站吗？"

夏慕辰的脸色也很难看，虽然还是一副温文尔雅的神态，眼下却也带上了几分情绪："我也很难接受这样的处理。"抿了抿薄唇，他将那几分无用的情绪平复下去，再次缓缓地叹出一口气，"但是，现在果儿节目的收听率下跌了超过百分之九十五，连续一周的在线收听人数寥寥无几，没有办法，停播已成定局，学生会昨天已经把决定通知到我这边了。果儿，对不起，你是我广播站的成员，作为站长，我却没有任何办法保护你。"

"学生会？"韩韩一愣，继而转向自己身边那个无比黯然的女孩，"果儿，你去找游希啊！他是学生会的副主席，况且你跟他合作也是帮他宣传他举办的这场活动，让游希帮你争取一下不就好了？难道你甘心就因为这样的事，再也不能广播了吗？"

找游希？白果儿的眼睛恢复了几分神采。对啊，她怎么就把这个关键的人忘了？她去找游希，只要游希肯帮她争取，帮她解释清楚，她的节目一定不会被停播的！

3

隔天中午，下课铃一响，她就从教室里跑了出来，一秒钟都不敢耽误，径直冲到了韩韩的班级——也就是游希所在的班级。

当她气喘吁吁地跑到门口时，却撞上了匆匆跑出来的韩韩："果儿，游希一下课就被纪检部的干事叫去汇报工作了。"

"没事，我去纪检部找他。"不由分说，白果儿立刻扭头往纪检部

的方向跑。

"你等等我，咱们一起去。"

"不用，我自己去吧，你别跑了，等我回来。"

"那你慢点跑啊，别摔了……"

三分钟后，纪检部。

"你找游希？"站在门口的女生上上下下打量了她一遍，不屑一顾地冷笑，"追副主席都追到我们纪检部来了？"

她的声调很高，立刻引来了她身后办公室里的其他几个女生，里面还有一个是经常跟在黎雪莉身边的姑娘。

"白果儿？你居然找到这里来了？我警告你，游希是我们雪莉的，你这个丑八怪最好走远一点。"

阳光下，曾经那张圆润的小脸如今已经瘦了大大一圈，反倒将她那双圆溜溜的黑眼睛衬托得大了几分。

在众人的包围下，她脸色煞白，无助地后退了几步，睁大眼睛看着面前的人："不是，我没有纠缠他，我找游希是因为广播的事……"

"广播？"经常跟在黎雪莉身边的那个女生冷笑着环顾四周，"这里谁不知道你那个节目已经被停播了？你还有什么广播的事需要找游希？我看你是还不死心，想以广播为借口接近游希吧？"

"我从来都没有因为……"

# 第九章
## 英勇的王子有时比魔王还危险

"别解释了，赶紧从我们纪检部离开，别再让我们看到你对游希纠缠不休。"

"你们干什么？"一抹纤细高挑的身影突然挤进包围圈，挤到了她身边。

周围的那些人当即十分默契地往后退了几步。

韩韩站在她身边，紧紧地扶着她，看着周围那一个个满脸戾气的女生，气到连手都在微微抖着："你们这群人，还真是嫉妒使人丑陋！果儿究竟做错了什么？要被你们这样对待？"

"做错了什么？"又是那个女生，她尖着嗓子吼道，"谁不知道游希是我们雪莉的？只有我们雪莉这样优秀的女神才配得上游希，那个丑八怪凭什么纠缠在游希身边？"

"是吗？"韩韩满脸愤怒地瞪着她，也拔高了嗓音，"我看你是嫉妒吧？口口声声好像是在维护黎雪莉，实际上是因为自己配不上游希，所以只能借口黎雪莉来发泄自己的心情吧？你嫉妒果儿得到了你得不到的机会。"

"你乱说什么？我怎么会嫉妒那个心机女？"那个女生涨红了脸，表情几乎扭曲起来，"我说了，只有我们雪莉才配得上游希，而且他们两个才是一直都在一起的，雪莉和游希是从小一起长大的邻居，我们雪莉一直都很喜欢游希。虽然游希专注学业，没有接受过雪莉，但是我们

都相信，未来总有一天游希会发现雪莉的好。"

"谁稀罕？我告诉你们，是你们的游希主动找到了我家果儿，希望能够借助她的广播节目做宣传。"

"可能吗？就凭她之前那个节目一直不温不火的，游希怎么可能主动找她？"

"这你要去问他啊，我们怎么会知道他是怎么想的，说不准你们那位了不起的王子大人喜欢我们果儿呢？"

"不可能！她连雪莉一根手指都比不上。"

"你说什么？说话放干净一点。"

"她就是那样，还不许人说了？"

两个人针锋相对，谁也不让谁。韩韩明显开始动怒了，上前一步，大有她再敢说一句就要打起来的架势。

"怎么了？"忽然，一道熟悉的、充满少年独特磁性的嗓音传了过来。紧接着，原本围观的女生们纷纷后退了几步，满脸花痴表情，为来人让出一条路来。

身穿笔挺制服的少年迎着明媚的阳光，像是从漫画中缓步走出来一般，出现在大家的视线中。精致又俊秀的脸，仿佛被镀上了一层淡淡的金色，夺去了所有人的注意力。

在他身后，跟着一个高挑又无比张扬的短发美女，完美的身材、高傲的神情。她宛如女王般环视了一圈周围，最后将目光定在人群中的那个脸色煞白的小女生身上，然后不屑地翘起唇角。

"游希？"韩韩最先反应过来，立刻满面怒容道，"你来得正好，跟你的这些粉丝们好好说清楚，广播的事究竟是什么情况。"

没想到，那双好看的大眼里闪过一抹疑惑："广播？什么事？"

"你！"完全没想到他会是这种反应，韩韩微微一愣，越发着急，"游希，你装什么傻？因为你的原因，果儿的节目被停播了。"

"我的原因？"他微微皱了皱眉，阳光下，却依旧完美俊秀得如同毫无缺点的王子，"我不明白你的意思，果儿的节目停播，不是因为收听率过低吗？"

"游希，你什么意思？过河拆桥？"韩韩咬牙切齿，一字一顿。紧接着，韩韩突然意识到了什么，脸色大变："游希，你一直都在利用果儿是不是？因为她最近的关注度最高，所以利用她炒作话题，然后把所有人的关注点转移到由你组织的那场活动上？是不是？"

白果儿整个脑袋嗡的一声变得一片空白，韩韩的话让她的脸又白了一点。看着那张既熟悉又陌生的脸，白果儿张了张嘴，却好像把声音弄丢了。

她看着他，看着他平静中带着一丝迷惑的表情，整个身子都在抖着。不知为什么，她突然觉得很可怕。那个王子般的少年，很可怕。她多想听他否认，可是，他却仍旧是那样疏离地笑着。

"我没有。"他摇了摇头，完全无视了韩韩的质问，"我还要去开会，幕韩同学，没什么事的话我先走了。"说完，他顺着众人让出的那条路，迈开长腿继续走着。从头到尾，他甚至没有看白果儿一眼。

"你知道吗？今年歌唱比赛的话题度和关注度远远超过了往年……"原本跟在那个少年身后的高挑美女在经过白果儿身边时停了下来，刻意压低的女声轻飘飘地钻进了她的耳朵，带着几分嘲弄，几分轻蔑，几分挑衅，"白果儿，这都该归功于你，你身上幸运密码的热度，帮了游希不少忙呢。"

"可恶！黎雪莉，你有什么可得意的？你又怎么知道游希没有利用过你？"

"我愿意被利用，关你什么事？"黎雪莉脸色一冷，恼怒地顶了韩韩一句，追到了游希身后。

白果儿茫然地看着那两个渐渐走远的背影，一瞬间，手脚冰凉。难道，从一开始，游希他就只是想利用她，所以才刻意接近她？所以说，那个大魔王他说得并没有错？她真的笨到了这种程度，被人卖了还在帮人数钱……

"果儿？果儿？"身边的韩韩焦急地叫着她，"你怎么脸色这么差？千万别难过，为了那种自私鬼，不值得！"

看着韩韩，白果儿突然觉得，她好像从来没有像今天这样迷茫无助过。为什么？怎么会弄到今天这样狼狈的地步？甚至连累她的好朋友都要一起被人嘲弄。

明明大家害怕的是像裴子洛那样的混世魔王，可是为什么？就在这一刻，她无比清晰地发现了一个残酷的事实——游希，这个所有人眼中的完美王子，他居然比大魔王还要可怕……

突然，一抹无比张扬又熟悉的身影进入她的视线中，五颜六色的爆炸头似乎比阳光还要耀眼。

他毫无征兆地出现在那里，不偏不倚，刚刚好挡在了游希面前："真好笑，这年头的小人怎么都是这么装模作样的？要想分辨出来还真是不太容易……"话音未落，他表情忽然一冷，在所有人都来不及反应的瞬间狠狠挥起一拳砸向了那张俊秀的脸，"我今天就要教教你这个跳级上来的小子怎么做人。"


4


蝉鸣总是交织在每一个闷热的夏季，教学楼的走廊靠近光洁明亮的

落地窗，艳阳高悬，阳光透过玻璃落在走廊地面上，像是细碎的钻石。

顶着爆炸头的非主流少年略显无奈地挠着头，靠墙站着。而在他身边，还有一个看起来圆润娇小的少女，不停抽泣着，两只眼睛红肿得活像小兔子眼睛。在两个人的正对面，有扇门紧紧闭着，门上赫然写着"教务处"三个大字。

"好了，胖兔子，你还要哭多久？"裴子洛尴尬得整个人都不好了，看着自己身边的小女生，伸手也不是，不伸手也不是，最终只能反复挠着自己的头，"我都没有怎么样，你干吗这样哭起来没完没了？难道……你在心疼那个小子？"

闻言，白果儿终于停下来，抬起头，用通红的眼睛恶狠狠地瞪他："裴子洛，你还有心情开玩笑？"

"怎么了？"

"怎么了？你自己不知道现在是什么情况吗？在学校里公然打人，而且打的还是学生会副主席！"说着，白果儿通红的眼睛里立刻又冒出来一层厚厚的水雾，忍不住伸手狠狠掐了他的胳膊一下，"你这个疯子，到底在发什么疯？你对游希动手干什么？"

裴子洛吃痛，倒吸了一口气，噌地后退两步避开她的再次袭击："干吗？老子看他不爽。"

"你——"白果儿气结，瘪了瘪嘴，放轻了声音，听起来鼻音很

# 第九章

### 英勇的王子有时比魔王还危险

重，"这件事跟你没关系，你干吗要把自己卷进来……"

"我说了，我看他不爽。"他双手插回口袋，一副慵懒的模样背靠落地窗站着。浅黄色镜片下，那双美丽的桃花眼状似不经意地瞥过她的脸，然后，用肩膀撞了撞她："胖兔子，我打他跟你没关系，你赖在这里做什么？还不回去上课？"

"你闭嘴。"白果儿顿时更生气了，但除此之外，还有一股说不清道不明的异样感觉从她身体里的每一个细胞冒出来，然后直直刺进心底最深的那个地方。

这个家伙……真以为她白果儿是个傻子？难道她看不出来，他是在为她出气的？还让她走，她在他眼中就是那么忘恩负义的人吗？

不过，这个家伙为什么要为她出气呢？

"说真的，你还是回去上课吧，不然那个女人可能要一直在那里偷窥了……"裴子洛忽然弯下腰，凑近她耳边。

她下意识躲开，脸有些发烫。

女人？什么女人？白果儿顺着他的示意往对面的教学楼窗口看去，隔着并不近的一段距离，她冷不防地看到了那张氧气般清秀的鹅蛋脸——韩韩？她不是让她先回去上课了吗？她居然在对面楼窗口偷偷观察着她这边的情况？

对面窗口的美女显然被吓了一跳，意识到自己暴露了，尴尬地冲她

这边挥了挥手。

韩韩这个笨蛋……心下一阵暖流涌入，好不容易止住的眼泪又差点冒了出来。

裴子洛翘起嘴角："看来傻乎乎的胖兔子也有聪明的时候。虽然看男人的眼光不太好，不过挑朋友还是可以的。"

"你才眼光不好。"她想也没想就顶了回去。原以为他还会跟她调笑，可是，意外的，他若有所思地点了点头，透过浅黄色镜片直直望着她："或许吧。"

下一秒，教务处的门被人打开，那一行学生会的人终于走了出来。离开前还纷纷瞪了她一眼，顺便又偷偷看了看那个混世魔王。

"有意见？"大魔王眼尖得很，危险的嗓音顿时响起。那一行人立刻收回视线，低着头快速离开了。

"裴子洛，你进来。"教务室里传来了严肃的中年女声。

白果儿很紧张，小心翼翼地咽了口口水，然后凑近他："教务主任叫你呢，我……我陪你一起。"

"陪我？"

"嗯，你不要再说了，我决定陪你进去一起跟主任求情，求得主任原谅。"

看着那无比坚定的眼神从她红肿的眼睛中透出来，裴子洛扑哧一声

246

笑了。他耸了耸肩："好吧，随你吧。"接着，就双手插兜悠哉地信步走入了教务处办公室。

白果儿咬牙瞪着他的背影。这个家伙，还不好好端正态度争取宽大处理？居然这样吊儿郎当……

埋怨归埋怨，她毕恭毕敬地低垂着脑袋跟着他走进去，顺便关上了办公室的门。


5


没想到的是——她才刚关好门转过身子，就看到某个家伙已经大摇大摆地一屁股坐在了办公室里的沙发上。

白果儿大气也不敢喘一声，一边使劲瞪他，一边瑟瑟发抖地走到偌大的办公桌前，看着那一丝不苟的中年女子，小声地开口："主、主任……我叫白果儿。最近的这些风波，都……都怪我，您能不能不要处分裴子洛？我愿意承担责任。"

"你承担？"那个严肃的教务处主任推了推眼镜，打量她。

白果儿意外地发现，这个极其让人害怕的教务主任居然有一双很漂亮的眼睛。而且，仔细看看，虽然她年长又几乎是素颜，但五官还是很端正精致。

不知道为什么，她越看越觉得这个教务主任很眼熟。

"你跟他什么关系？为什么你要承担？"

"我……我们是朋友。"在那样凌厉的目光下，白果儿局促不安地攥着衣袖，"这……这件事是因我而起，他不是故意打架的，是为了维护我，所以……所以……"

"朋友？"教务主任突然笑了，她指了指那个瘫坐在沙发上的不良少年，"这位同学，你跟他是朋友？没搞错吧？"

"喂，你有完没完了？"裴子洛忽然皱眉出声，直接打断了教务主任的话。

白果儿顿时冒出一身冷汗，这个家伙，居然敢对教务处主任这样嚣张，真的不怕被开除吗？

"闭嘴，怎么跟我说话呢？"万万没想到，不可思议的事情就那么发生了，原本一脸严肃可怕的教务主任噌地从座位上站了起来，踩着高跟鞋大步走到了他旁边，伸手毫不客气地狠狠冲着他那五颜六色的爆炸头打了一巴掌，"你这臭小子一天不给我惹事是不是就浑身不自在？这次你居然惹上了学生会干部？游希那孩子可是这个学校里的偶像，学生会那帮孩子一个个义愤填膺，刚才已经跟我汇报过情况了，如果你不当众道歉的话，他们是绝对不能接受你继续这样在学校里横行霸道的。你自己闯的祸，自己去道歉吧。"

"道歉？"裴子洛夸张地抠了抠耳朵，"我没听错吧？你的意思是让我去当众道歉？跟那个小白脸说对不起？"

"没错。"

"拜托，你觉得这可能吗？"

"没什么不可能。"

裴子洛气结，胸腔明显起伏着，似乎是在努力调节自己的心情。然而，他失败了。大手一挥，他干脆道："不可能的，姑妈，你还是开除我吧。"

姑妈？我的天，她这是听到了什么？难不成她压力太大心情太差，以至于出现幻听了？这个混世魔王、这个不良少年、这个非主流，居然喊他们圣亚学院被称为"灭绝师太"的可怕教导主任为姑妈？这个世界简直太疯狂了，白果儿站在原地，张大了嘴巴却发不出声音。

如果放在曾经，她一定会吐槽他有后台才嚣张了那么久没被开除，可是她现在除了惊掉下巴之外，完全没有一丝想要吐槽的心情。之前她听说过裴子洛父母的事情，还曾有那么一瞬间替他感到难过和不值！

"死小子。"教导主任二话不说再一次狠狠地拍他的头，"我说了多少遍，在学校里绝对不能叫我姑妈，你找打是不是？"

"痛痛痛！"被揍的某人抱着头，连连哀号，"这里又没有外人，打这么狠……"

闻言，教务主任看了白果儿一眼。白果儿顿时低下头，恨不得把头埋进胸口里。她是不是知道了什么不该知道的秘密……

"总之，这件事影响很不好，谁都帮不了你。"主任推了推眼镜，果断地下了结论，"如果你愿意当众道歉和解，消除影响，就还有回旋的余地。如果不，那只能退学处理。"

"退学？"白果儿忍不住惊呼出声，一双红肿的眼睛瞪得老大。她还以为，那个混世魔王有这位姑妈撑腰就不会有什么问题，可是怎么完全跟她想的不一样？退学处理？这么严重？

"不行啊，主任，他不能退学，这件事的起因是我，我去跟学生会的同学道歉行不行？"

"胖兔子，你是脑袋出问题了吗？"沙发上的某个家伙猛地站起来冲她吼，"你是不是背黑锅背上瘾了啊？明明就是那混蛋欠揍，怎么就变成你的错了？我看你最大的错就是智商有问题。"

话音刚落，主任又狠狠一巴掌拍向了他的背："臭小子，你叫这么大声，当我是空气？"

某人当即又龇牙咧嘴地窝回了沙发。

"不行，我肯定不会道歉的，你给我办退学吧。"他一脸怨念地摸

# 第九章

## 英勇的王子有时比魔王还危险

了摸自己的后背，口气却格外无所谓，"反正被退学也不是一两次了，多一次有什么不同。"

"你还敢说？现在还有哪个学校敢接收你？如果不是我在圣亚给你做了担保加上你爸爸捐的多媒体器材，你以为圣亚会接收你这样的问题学生？我告诉你，如果这次你被圣亚退学，你就只有出国这一条路可以走了。"

气氛变得凝重起来，主任说着说着已经是一脸怒容，恨铁不成钢地瞪着裴子洛。

而那个不良少年的表情也沉了下来："你别提那个人，谁稀罕他捐什么东西？以为捐那点东西就能让我感激他？"

"子洛，都过去几年了，你怎么还是放不下……算了，不提你爸爸了。"半晌，教务主任摘下眼镜，头疼地捏了捏眉心，"我已经告诉你很多次了，老老实实地给我夹着尾巴做人坚持到毕业，你怎么就听不进去？总之，学生会那边已经说了，只要你公开向游希道歉，他们愿意考虑和解。"

"他们？"裴子洛冷笑，"我是捅了马蜂窝么？揍了一个而已，一群都跑出来嗡嗡乱叫。不可能，要我道歉？做梦。"

"好，那你就退学吧，然后出国。"

咚——他突然狠狠一拳砸在茶几上，发出一声巨响："出国，出

国，你们问过我的意见吗？我不去。"他猛地站起身来，大步流星地走出了教务处办公室，顺手狠狠将门甩上。

又是一声巨响，令人心悸，偌大的办公室一时间安静到几乎连掉下根针都能听得清清楚楚。

过了一会儿，教务主任一脸疲色地坐在了沙发上，眉心紧皱，头疼地按着太阳穴。

白果儿不安地咬了咬嘴唇，片刻后，她小心翼翼地出声唤道："主任……"停顿了几秒，她突然狠下心来，无比认真，"拜托您千万不要给裴子洛退学处理，能不能给我几天时间？我来说服他。是不是只要给游希道歉，得到他们的原谅，裴子洛就不用被退学了？"

这位教务主任终于抬起头来，定定看着她。没有了眼镜的遮挡，那双美丽的眼睛出现在她面前。眼尾的细纹非但没有影响她的美，时光反而将她雕刻成了极有韵味的模样。她问道："你能说服他？"

"我会努力的。"白果儿认真地点了点头，那张小小的娃娃脸上满是着急，红肿的眼睛中甚至带着几丝哀求，"拜托您了主任，千万不要让裴子洛退学，我一定会好好劝他的。"

那双美丽的眼睛直直盯了她一会儿，许久，主任疲惫地叹了一口气："这样吧，我暂时给他为期一周的停课处罚，如果一周后他可以得到学生会那边的原谅，那么就继续回来上课。如果不能，就退学。"

# 第九章

## 英勇的王子有时比魔王还危险

"好的！"白果儿激动地连连点头，甚至弯腰给她鞠了一躬："谢谢主任，谢谢主任，这一周里我一定会努力说服裴子洛，去取得游希原谅的。"

从办公室里走出来，关好门。白果儿走了几步，然后靠在墙上，长长呼出一口气。

不管怎么说，她总算是争取到了一个机会。如果因为她的事，害得那个大魔王被开除了，她真的……

说起来，如果退学了，那个大魔王就会离开国内吗？白果儿忽然抬头透过落地窗看向一碧万顷的蓝天。出国，听起来很遥远呢……如果出国了，这个大魔王就再也不会耀武扬威地出现在她周围了吧？

心里忽然划过一丝令人捉摸不透的异样感，就连她自己也不知道那是什么感觉……

想起来也是好笑，记得最开始遇到那个家伙的时候，她还天天诅咒他快点被开除省得祸害大家，没想到，现在她居然会为了让他留下来而哀求老师，这个世界真是很神奇……

"风景好看吗？"

"嗯，很好看。"白果儿下意识回应了一句，下一秒，她看到站在自己身边的那个高挑又修长的不良少年，瞬间吓了一跳，"啊！你是鬼吗？怎么在这里？你刚才不是走了吗？"

　　裴子洛耸了耸肩："等你出来啊，胖兔子，动作这么慢。"说着，他迈开长腿，踩着走廊上那撒了一地的细碎阳光渐行渐远，就像是走在专属于青春的画卷里。

第十章

幸运密码的秘密，你敢听吗？

1

翌日。

"白果儿，你该不会是脑子坏掉了吧？"听完她的话，眼前的氧气美少女呆呆地张大嘴巴半天都合不上去，水灵灵的眸子一眨不眨地瞪着她，还伸手摸向她的额头，"你是不是发烧了？脑袋不清醒？"

"没有啦。"白果儿无可奈何地轻轻拍掉她的手，指了指自己严肃的脸，"你看我像是在跟你开玩笑吗？"

韩韩非常认真地盯了她十几秒，说道："不太像。"

"那就对了，我没有开玩笑。"她一脸正色地再次表明自己的态度，"我要去找游希，跟他道歉，拜托他原谅裴子洛。"

"你疯了吗？"韩韩顿时尖叫着从长椅上弹了起来，难以相信地瞪着她。如果这里不是几乎没有人来的荒废的后花园，她完全相信就凭她

# 第十章

家好友刚才的那一嗓子，绝对能吸引来一大群围观群众。

"你还要去找那个可恶的游希？那个自私鬼为了他自己组织的活动能无情地利用你，害得你那么惨，被人身攻击不说，就连广播节目都被停掉了。你居然还要去找他？"韩韩一口气吼完了这些之后，眨了眨那双水汪汪的大眼睛想了一会儿，皱起眉头，"不对，不对，这不是重点……重点是你居然要帮裴子洛求情？裴子洛诶，我没听错吧？咱们说的确定是同一个人？那个混世魔王？"

白果儿毫不犹豫地点头。

"老天，太阳不是从西边出来了吧？那个人人都避之不及的不良少年，你究竟是什么时候跟他熟悉起来的？我每次看见他都觉得汗毛要竖起来了……"韩韩一声哀号，一屁股坐回长椅上，"白果儿，你真行啊，咱们天天在一起，你居然能在我不知道的时候跟那个家伙扯到一起去了。"

突地，白果儿涨红了一张圆脸，慌忙摆了摆手："什么扯到一起，我们是朋友。"

"朋友？"氧气美女不以为然地上下打量了她一眼，"你什么时候跟那种大魔王成朋友了？"

"这不重要，重要的是，这次他之所以会被处分，说到底还是为了替我出头，我当然不能眼睁睁地看他被迫退学。"

"什么？"韩韩像是发现了新大陆似的，瞪大眼睛凑近她，"如果我没有理解错的话，你的意思是，裴子洛之所以会揍游希，是因为游希利用你？"

白果儿没说话，只是看着她。韩韩也没有说话，阳光下，两个少女安安静静地对视了足足半分钟。

"别逗我了。"氧气美女摆了摆手，娇美的脸庞上，表情越来越严肃，过了半晌，她问道，"白果儿，我仔细想了想，这难道是真的？"

"就是真的，所以我一定要帮他。"

"这么说起来，他好像不是第一次替你出头了……"韩韩像是陷入了回忆中，手指挠了挠下巴，眯起那双美眸，"之前跟黎雪莉起冲突的时候，还有再早……甚至是第一次见面，他好像都帮了你……"

"你在说什么啊？"这次轮到白果儿诧异了。莫名其妙地看了她一眼，摇了摇她的胳膊拉回自家好友的注意，"好了，先说正经的，下午下课之后，你能不能帮我拦住游希？"

"不要，我怕我也想揍他。"

"别闹，我说认真的，我就只有这一个星期的时间，一定要得到他的原谅。"

韩韩气不过狠狠揪掉了几片手边的可怜树叶，终于，大义凛然地甩了甩头发："好吧，既然大魔王对咱们果儿有恩，我就忍住不爽稍微牺牲一下。"

想法是美好的，现实却是残酷的。

三天的时间一晃就过去了，每次一到课间她就一刻不停地往游希所在的班级跑，然而，白果儿并没有能够和他说上话的机会。在他身边总是围着各个部门的学生干部，他永远忙忙碌碌地奔波于处理各种活动和事件的路上。

她只能在后面跟着寻找机会——很不幸，一直在失败。

白果儿后知后觉地发现，原来游希真的很忙……这样的他远远看起来，确实是一个可望而不可即的校园王子，能力强又很努力，从来没有见到过他疲惫或懒惰的样子。尽管那张俊秀的脸上还带着些许瘀青，他却一如往常般精神百倍。

这样优秀的人，为什么会不顾她的感受而利用她呢？这几天她也一直在想这个问题……

她发现网络上的热度渐渐被这届校园歌手大赛吸引了，越来越多校内乃至校外的人们都对这场活动表示了高度的期待，甚至连每一个参赛选手都备受关注，她听说有一个选手居然还因此被星探看中了。

所有人的兴奋点都被这场活动引爆了，这次的活动也被誉为圣亚建校以来最受期待的一次歌手比赛……

或许，这就是游希的选择吧？虽然走了捷径，也伤及了无辜的她，但不得不说，从某种角度来说，他做了场相当聪明的"炒作"。只不过，这场成功的"炒作"中牺牲了一个无辜的人——很不凑巧，这个人就是她白果儿，一个傻乎乎曾把游希视作好人和救世主的人。

所以，她可以理解，但不会原谅。

直到第四天放学的时候，那个身材高挑气场十足的短发美女出现在他面前，围在他旁边的那些学生干部们才纷纷很有眼力见地暂时退到了一边，给那位大美女让路。

黎雪莉？白果儿皱了皱眉。

可是，难得游希身边没有围绕那么多人，咬了咬牙，她几乎没有犹豫就一路小跑朝他们身边冲过去。

"游希！"她因为有些紧张，涨红了脸，拦在他们面前。

那个犹如美洲豹般美丽的混血儿美女立刻神情不善地扬起下颚，居高临下地看着她："你做什么？"

白果儿看也没看她，只是停在游希面前，看着那张俊秀精致的侧脸："游希，我有话想跟你说。"

她这样看着他，忽然觉得眼前这个少年变得有些陌生。他不再像曾经那样笑着直视她的眼睛，而是微微偏过头去，目光不经意般错开她，落在旁边的某一根随风摇动着的树枝上。

# 第十章

## 幸运密码的秘密，你敢听吗？

他的脸上表情平静，看不出喜怒，也没有半点笑容，黑眸随着树梢缓缓波动着，让人看不透他的想法。

"你怎么还来纠缠游希？上次我说过的话，你不记得了？"黎雪莉直接伸手将她推得后退了一步。

她转头看着那双蓝色美眸，以前她害怕面对这个美艳霸道的混血少女，还从来没有仔细打量过她。她忽然发现，这个混血少女跟其他那些女生排斥她时的神态完全不同——别人眼中都是写满了嫉妒，只有黎雪莉，在阻止她接近游希时眼中是真真正正的不安和焦躁……

不知为何，她突然没有那么抵触她了。轻轻吸了一口气，白果儿诚恳地直视着那双蓝色美眸："黎雪莉同学，我没有纠缠游希的意思，以后也不会纠缠游希，更不会再影响到他的生活，你放心好了。"

或许是她的态度太令人吃惊，刚才还满脸敌意的混血少女冷不防怔住了。

这几个人碰到一起永远能制造话题，没过多久，周围已经围上来了不少看热闹的人。

白果儿像是没有看到一般，依旧很坚定。众目睽睽之下，她后退了一步拉开了些距离。接着，郑重地俯身，向那个站在阳光下永远耀眼的少年鞠了一躬："游希，我替裴子洛向你道歉。因为我们是朋友，所以他因为你对我做的事情很气愤，一时冲动做了错事，真的很抱歉，对不

261

起，不知道你能不能原谅他？他真的不是故意要打架的。"

瞬间，周围一片哗然。似乎没有人想到会看到这种场面，更没人想到她和那个鼎鼎大名的混世魔王会扯上关系。

"可是……"忽然，那个优秀的少年轻轻开口，目光依旧投向了远处，"既然是他的失误，为何由你来道歉？"

白果儿站直身子，直直看向他精致的侧脸："我刚刚说过了，我们是朋友，他是因为你对我的那些才……"

"我对你？怎么了呢？"他突然出声打断了她的话，声音轻缓而疏离，隐隐带着一丝令人难以捉摸的情绪，冷笑道，"以为我欺负你，所以他这个不良少年要出来英雄救美么？"

她从未见过这样的游希，不禁一愣。就连旁边的黎雪莉也迷茫地微微皱起秀眉，注意力从她身上移开，落在了那个淡漠少年的脸上。

"白果儿。"他目光一闪，终于，那双眼睛重新看向了她，"我们难道就不是朋友吗？你以什么身份，来替他求我原谅？"那双眼中毫无温度，略带轻蔑地看着她。

白果儿的心渐渐沉了下去。她直视着他的眼睛，一字一顿道："我们曾经是朋友，但像你这样为了达到自己的目的而牺牲朋友的人，我白果儿交不起。"

# 第十章

"你这是在做什么？"突然，手腕被一只大手紧紧箍住，熟悉的声音带着怒气在她身边响起，"喂，胖兔子，老子说了不会道歉，你做这些多余的事干什么？"他大手一拉，轻而易举地将她拉到自己身后，也隔开了游希落在白果儿身上的视线。

"裴子洛，你好。"不过眨眼的工夫，游希脸上恢复了无懈可击的微笑，又变回了平日里完美又有亲和力的校园王子。他看着眼前的混世魔王，就像是没发生过任何矛盾的普通同学一样。

"活动做得很顺利吧？"扬起下巴，裴子洛不屑地冷哼了一声，"靠利用别人得来的成就感，你好好享受吧。"话毕，他不由分说地拽着她的手腕将她拉走。

2

裴子洛的力气很大，态度也很强硬。无奈之下，白果儿只能任由他拉着她一路离开学校，走出去很远很远。

终于，他赌气似的松开她的手，一边继续往前走一边说道："笨蛋，只要我随便勾勾手，有的是学校愿意接收我这种大财主，你到底有

什么可着急的？做这些无聊的傻事，莫名其妙。"

呸！他才莫名其妙。白果儿跟在他身后，瘪了瘪嘴，却忍住了吐槽的冲动，没有说什么。

他那个性格，她也算是很清楚了，现在和他说什么都不会听进去的，还不如不说。她大人有大量，不跟他一般见识。

"不过……"他冷不防地停下脚步，让她毫无防备地一头撞上了他胸口。

"干吗，能不能别说停就停？"白果儿顿时吃痛地揉了揉额头，不爽地瞪了他一眼。隔着那层碍眼的浅黄色镜片，她完全看不清他的眼睛。不知道是哪里来的勇气，她突然伸手摘掉他的墨镜，"一天到晚戴个眼镜装酷，这难道是个近视眼镜？"说着，她将墨镜戴在自己脸上。

"你觉得不好看？"

"当然不好看啊，谁会觉得好看？你这个非主流。"白果儿带着这个墨镜往四周看去，漫不经心地回答着他。

"好，那就不戴了。"太阳西沉，他的声音不似往日里的张狂跋扈，带着几分低哑，清澈又撩拨人心。

心里闪过一丝异样，心跳像是被什么东西拨快了节奏一般。白果儿愣了愣，不自觉地抬头，看向站在自己面前的少年。她是第一次如此清晰地看到这双美丽又带着独特风情的桃花眼，黑白分明，眼波流转间仿

# 第十章

幸运密码的秘密，你敢听吗？

佛蕴藏着令人无比眷恋的陈年佳酿，配上他天生好看又整齐的眉形，称得上是眉眼如画。

如果他的眉眼长在女人脸上，恐怕早就是大美女了……

她忍不住咽了口口水，继续打量着他。没有了那碍眼的黄色墨镜，他的整个五官都清清楚楚地出现在眼前——高挺的鼻子，微微嘟着的樱花般的嘴唇，精致的脸部轮廓多一分则宽，少一分则窄，恰到好处。而他偏小麦色的健康肤色更是让他尽显张扬的活力。

"胖兔子，本大爷长得帅还是那个娘娘腔长得帅？"随着他说话，他脸颊两侧的酒窝立刻浮现。

白果儿一时有点失神，傻呆呆地答道："你好看。"

"呸，我问你帅不帅，好看那是形容男人的词吗？"

"非主流造型真的不帅啊，但脸是真的好看。"

眼前的人一个爆栗敲上了她额头，白果儿顿时回过神来，怒目圆睁："疼死了，刚刚撞的那下还没好，你又敲？"

他高挑的个子和非主流的打扮原本就很引人瞩目，加上摘掉了墨镜，那张完全称得上是惊为天人般的脸展示了出来，很快，路过行人的视线越来越多地向他们这边投射过来……

还有那些路过的女生们，一脸兴奋地反复盯着他看，更大胆的还拿出手机冲着他偷拍。

"喂！你们看什么看？"这个暴躁的不良少年抓狂了。

那几个女生先是吓了一跳，没过几秒，又一脸花痴的凑了上来："帅哥，能不能添加一下你的微信呀？我们可不可以交个朋友？"

"什么？想死吗？"那双美丽上扬的桃花眼顿时瞪得老大。

然而，这一次，他非但没有吓到眼前那几个女生，反而成功让她们的脸更红了。

"可恶。"裴子洛生气地挠了挠头发，再次抓住身边那个傻乎乎的女孩的手腕，拽着她大步流星地离开了这里。

看着他闹别扭的样子，白果儿忍不住扑哧一声笑出来："你生什么气？被人喜欢的感觉不好吗？"

"谁要她们喜欢？不稀罕。"

"那你刚才干吗问我你和游希谁长得帅？"

闻言，拽着她急走的某人越发加快了脚步，声音也跟着拔高："我乐意！"

他迈开长腿走得飞快，可怜了她一双小短腿，忙不迭地服软："好好好，我知道了，你走慢点，你要带我去哪里？"

他哼了一声，脚步已然慢了下来："跟我走就知道了，带你去我的'秘密基地'，以前一个人在家的时候，我就会到'秘密基地'去吸收能量。"

二十分钟后。

当白果儿看到坐在一群小朋友中间还一脸灿烂笑容的不良少年时，她真的目瞪口呆了很长一段时间，甚至有种极其不真实的感觉。

几个小男孩甚至爬到了他身上，趴到了他的背上，亲热地抱着他的脖子笑个不停，还热情地叫他大哥哥。而那些穿着小花裙子的小女孩们也都开心地围在旁边，给他展示着自己的新娃娃。

她傻傻地站在门口，不知过了多久，终于，有个孩子想起了她的存在："大哥哥，那个姐姐是谁呀？你的朋友吗？"顿时，那一双双天真又明亮的眼睛向她看过来。

白果儿当即红了脸，尴尬得不知道该说点什么才好……她真的没有想到，裴子洛口中的"秘密基地"居然是这家孤儿院。而且，这里的所有孩子看起来都跟他很熟，或许说是非常喜欢他。

看着那个笑得明媚灿烂，酒窝耀眼、眉目如画的少年，她真的觉得很恍惚。

忽然，他抬起手，冲她勾了勾指头："过来。"

心跳冷不防突然加速，白果儿猛地涨红了一张脸，后退了两步夺门而逃。身后爆发出一阵阵小孩子甜腻腻的笑声："哇！大哥哥把那个姐姐吓跑了。"

"姐姐脸红啦，姐姐脸红啦。"

从来没有和小孩子相处的经验，更何况是一大群的小孩子。白果儿根本不好意思进去，只好坐在门口的小凳子上，拿着一根狗尾巴草无聊地晃着，侧头望着里面的情况。

没过多久，玩闹够的孩子们已经躺进了各自的小床上，一个个都是乖巧的模样，缓缓闭上眼睛准备睡觉。

而那个顶着五颜六色爆炸头的少年此刻正坐在那房间中央的椅子上，捧着一本睡前故事书，轻声给孩子们念着，一脸温柔。

念着睡前故事的他，声音好听得有些不真实。带着几分少年独有的低哑，清冽又干净，朦胧又充满力量，让人不知不觉地安心下来，在他的声音里渐渐入睡。

他始终在里面很有耐心地读着故事，白果儿早就不知不觉沉浸在其中忘记了时间……

当裴子洛小心翼翼地起身，从里面走出来并且关上门时，她才猛地惊醒。

"走了。"他跟守在旁边的老师们挥了挥手示意，又轻轻唤了她一声。接着，便双手插兜，迈开长腿走出了这家孤儿院。

白果儿一路跟在他身后，打量着身边的这个少年。真的太不可思议了，她有种重新认识他的感觉。这家伙声音条件居然这么好吗？远胜于

# 第十章

广播站里的所有人啊！

　　她甚至有一种预感，这家伙的声线可塑性极强，如果从事配音这行绝对会爆红的！白果儿眼睛一亮，突然有了主意："裴子洛！"她大声叫住了他，连名带姓。

　　"发什么神经？"少年被她的一惊一乍吓到了。

　　"我想到了一个好办法，一定能够让你顺顺利利地留在学校！"白果儿激动地上前一步拽住他的衣袖，"游希他们不就是利用在学校里的人气，以这次的事件为导火索带领大家一起向老师提议赶你出学校吗？那我们就把人气抢过来，让大家重新接纳你。"

　　"什么啊？抢人气？"好看的桃花眼满是疑惑。

　　"就是抢人气啊，相信我，你绝对比游希甚至任何人都有魅力！换一个形象回到学校吧，以你的声音条件，去应选广播站主播一定没问题，然后让大家重新认识你，了解你不是一个会威胁到大家安全的不良少年。"白果儿越说越激动，一张圆圆的小脸透着生动的淡红色，眼睛黑亮。

　　她面前的少年微微一愣。接着，一抹很难察觉到的红晕爬上了那张精致的俊脸。

　　他挑了挑眉，盯着她，一双美丽的桃花眼亮得惊人，随着说话，酒窝浮现："你……真的觉得我最有魅力？"

　　什么？白果儿一时没有反应过来。这话听起来好像有点怪怪的？但是她确实刚刚说过这句话。点了点头，她认真道："真的啊，所以，你不能放弃，一定要留在学校。"

　　"你不希望我离开？"

　　"当然。"

　　路灯下，裴子洛定定地看了她几秒，虽然知道她刚刚提出的那个去应选广播站主播的想法根本不靠谱，却还是笑颜灿烂如孩子一般答应道："好。"


　　　　3


　　第二天下午放学后，当黎雪莉出现在白果儿的教室门口时，所有人再次兴奋起来。

　　谁都不愿意错过这样的好戏，大家也不着急离开了，全部都颇有默契地暗暗关注着。

　　不过这一次，黎雪莉好像是一个人来的，身边并没有经常跟随她的那些小姐妹们。

# 第十章

## 幸运密码的秘密，你敢听吗？

"白果儿，你出来一下，我有话跟你说。"那张娇美的混血面孔依旧是那样魅力逼人并且带着几分骄傲。只是那双蓝眸看着她，多了几分不自然，少了几分攻击性。

沉默了一会儿，她把书包收拾好，走出教室，与那个张扬的混血美少女面对面站着。

足足过了半分钟，黎雪莉终于开了口："先说清楚，我来，是为了避免你再去缠着游希，今天过后，如果你还是纠缠他，我还是不会放过你。"说着她狠狠瞪了白果儿一眼，以示威胁。然后，她眼神微闪，从单肩包里拿出一封信递给了她。

"拿走，这是承诺书，游希代表学生会写的，上面列出了那个裴子洛今后需要遵守的规章纪律，他不准再影响院内秩序，要配合学生会工作，若再发生违反制度的任何事情就自行退学离开学校。"

接过那封信，白果儿简直有点不相信自己的眼睛，惊喜地看着眼前的混血美少女。

黎雪莉忽然压低声音，用只有她们两人能听到的声音道："如果你不能接受他这个人，就离远一点，不要再被卷进来了……哪怕你是无辜的，我也不允许你接近他。裴子洛的事情，我帮了你，你和游希的恩怨，就算两清了。到此为止，好吗？"那双美丽的蓝眸与她对视了片刻，接着，她玉手一挥，转身离开，"如果你同意，就在承诺书上签个

字，回学校的时候交给教务处，再见。"

没有看到想看的劲爆场面，周围的那些同学们纷纷散去，各自收拾书包准备离开教室。

一切仿佛都恢复了正常，白果儿拿着这封信，心跳如鼓。

天啊，黎雪莉竟然会主动送来了这样的承诺书，而且还是游希写的……所以，他这算是退了一步？

那么，也就是说……裴子洛，他不会被开除了？太好了，真的太好了！她迫不及待地掏出手机，拨通一串电话号码——屏幕上，赫然显示出"大魔王"三个大字……

"喂？"并没等多久，听筒那头的人很快就接通了。

"是我，我要告诉你一个好消息——你可以留在学校了，不用被退学了！"白果儿兴奋极了，简直比她当初刚刚进入广播站时还要开心。

"什么情况？你该不会又去找那些家伙了吧？"磨牙声顿时顺着听筒传了过来。

"没有的，我不是答应过你不再找他们了……是黎雪莉，她刚才主动来找我了，给了我一封承诺书，只要你签字，保证不在学校里胡闹，就可以恢复上课啦。"

"承诺书？"对方微微一愣，语气显得有几分烦躁，"老子为什么要签那个……"

"喂，裴子洛，你昨天可是答应过要回学校的。"白果儿眯起眼睛，像是真的能瞪到他一般，恶狠狠地说，"我今天就给你送过去，你好好签上大名，然后尽早回来上课。"

电话那头沉默了，等了半分钟，白果儿疑惑地试探道："喂？还在听吗？"

"胖兔子，那么操心……"那头的大魔王忽然扑哧一笑，声音夹杂着几分无奈，"知道了，知道了，我签了就是。"

她当即咧嘴笑了起来，月牙似的眼睛弯弯的："那我一会儿就给你送过去。"

"不用了。"那头的人停顿了片刻，声音闷闷的像是在闹别扭，"明天见面签吧，我明天一早就回学校……挂了！"

通话结束，她还是忍不住翻了个白眼。这个家伙，电话挂得倒是挺快的……


4


第二天清早，晨光柔和明媚。

　　她真的好久都没有感觉心情这样好过了，风波终于告一段落了。用力吸了口清新的空气，白果儿微扬起脸面向晨光，一脸满足地笑了。

　　"果儿，幸运密码的事，你真的不去想了？"韩韩看着她，不放弃地问着。

　　"嗯，不想了！其实，我这几天想过了，大家说的也不算完全不对……抽到这个幸运密码后，因为音频的原因，我确实像没头苍蝇一样乱撞了好久。现在我已经完全想清楚了，那个音频确实很吸引我，我也确实很想知道它的主人究竟是谁……但是，现在已经不重要啦。"

　　"那你广播的事怎么办？看看你，这些天满脑子都是裴子洛的事，自己的事我看你倒是都忘了。"

　　"哪有……"某人心虚地挠了挠下巴，"夏学长之前跟我说过了，等过一段时间论坛的风波过去，会恢复我的节目的。"

　　想了想，白果儿忽然一脸信誓旦旦："比起恢复我的节目来，我现在最希望的是让那个大魔王进广播站发光发热！虽然这次的退学危机算是解除了……但是，我仔细想了想，如果他一直是现在的样子不改变的话，同学们依然会怕他、抵触他，万一哪天又惹了事，那还是会被开除的。所以，当务之急，是要让他发挥自己的长项，从广播站开始，慢慢让大家接纳他……"

　　她滔滔不绝地发表着自己的看法，突然，看到自家好友的嘴巴张得越来越大，一双美眸也瞪得越来越大，眼珠快要掉出来似的。

对于她的夸张反应，白果儿表示很不满意："你的反应要不要这么夸张？我就是想让大家重新了解他，慢慢接受他而已，他真的没有大家想象中那么可怕。"

韩韩颤抖着指向了她身后，表情就像是见了鬼一样，结结巴巴地打断她的话："校……校门口那个被大家围、围观拍照的人，该、该不会是……"狠狠咽了口口水，韩韩的嘴唇抖了又抖，"我、我好像出现幻觉了，我居然觉得那个人好像是……"她颤巍巍地指着校门口，愣是没有说出个所以然来。

白果儿很莫名，怎么了？她疑惑地转过身，顺着自家好友的视线往不远处的校门那边看去。

明媚的晨光仿佛自带柔光滤镜般轻轻罩在那个修长挺拔的少年周围，他身上散发出来的独一无二的霸道气场让人觉得无比熟悉，可记忆中那五颜六色的夸张爆炸头不见了，取而代之的是纯黑色又修剪了一番的清爽短发，直接将他完美帅气的脸型及修长脖颈展露了出来。眉毛生得整齐又英气，比精心修饰过的还要好看。那双明亮又招摇的桃花眼里晃动着绝世佳酿，蛊惑人心，令人着迷沉醉。他的身上不再是邋遢的非主流装扮，而是整洁合身的制服，精神极了。

此时此刻，他明显正在忍耐着烦躁，紧紧抿着嘴唇。尽管如此，脸

颊旁的酒窝依然若隐若现，将他凌厉的气息弱化许多，增添了几分别样的可爱，帅气程度几乎超越了网络上各种爆红的年轻明星！

他的周围被无数眼冒红心的女生们包围着，她们一个个兴奋地盯着他，甚至有不少人举起了手机在不停偷拍。

少年不自然地扯了扯领带，结果不小心扯开了领口的扣子，露出了锁骨，整个人顿时多了张扬不羁的气质，当即引起了围观花痴们的小声尖叫。

"白果儿，你快点掐我一把，我是不是发疯了？"身边的韩韩使劲摇着她的胳膊，表情完全就是活见鬼一般，"我居然觉得那边那个帅气得突破天际的超级校园男神是裴子洛？"

拜她极具穿透性的嗓音所赐，不远处，那个被围在中间的高个子少年立刻朝她们这边望了过来。下一秒，那双要命的桃花眼已经锁定了傻在原地的某人。

那个家伙非常有行动力，还没等她们有所反应，已经迈开长腿不顾周围那些围观女生们的尖叫，直直朝她走了过来。

晨光落在他身上，晃得她头晕目眩。他快速冲到她面前，让她下意识后退了几步，心脏快要冲出喉咙。

"胖兔子，你干吗？"一只大手在众目睽睽之下直接抓住她的手腕，一把将她拉了过去，一如之前无数次那样。

# 第十章

幸运密码的秘密，你敢听吗？

天啊，这个人是那个混世魔王？一定不是，一定不是……白果儿眼观鼻鼻观心，完全不敢抬头直视近在咫尺的那个人。

她清清楚楚地听到了身边自家好友猛烈的抽气声，然后，她的下巴被人托了起来，强迫她直勾勾对上那双能让人神魂颠倒的桃花眼。他一脸不爽："喂，我在叫你，你干吗要跑？"

"我……我哪有要跑？"白果儿从脸到脖子都红了，只能硬着头皮死不承认。

"我打扮成这样是不是很奇怪？"

什么？白果儿一时没反应过来。她后知后觉地发现，面前这个大男孩的眼中隐隐藏着一丝忐忑和不自然，同时，似乎在迫切地期待着她的回答。这个外表强悍的大魔王，有的时候也像个小孩子。

忽然，她扑哧一声笑出来，伸手拍掉他的手。接着，她绕着他走了一圈，从头到脚地打量着他。

就在这家伙快要炸毛的前一秒，她果断竖起大拇指，毫不吝啬地表扬道："完全不奇怪，可以说是相当帅气了。"

"那当然，本大爷宇宙第一帅。"眼前的人显然得到了最满意的回答，开心地咧嘴笑起来，脸颊上的酒窝变得越发深了。

"胖兔子，我可不是那种要让女人为自己操碎了心铺路的人。"他大咧咧地微扬起下颚，如往常般伸手揽住了她的脖子，"答应你的，我

277

会自己做好，本大爷一向说到做到，你这只胖兔子就不用费心了。走，进去了。"说罢，他就这样揽着她的脖子在无数道视线的注视中迈开长腿走进了校园。

走出几步，还不忘回头喊上僵在原地的某个氧气美女。

"胖兔子的朋友，你走不走？"

"什么？"韩韩终于回过神来，忙不迭地跟了上来，一双眼亮得吓人，"走走走，一起走。那个……你跟我家果儿是什么情况啊？"

"喂！裴子洛，你松开啦！"这个家伙……还以为他终于开窍决定重新做人了，怎么还是这样子，让人崩溃！白果儿无语到了极点，一路挣扎无果，一边抗议，一边就这样被他拖进了学校。

只是一个上午的时间，人人避之不及的圣亚第一混世魔王裴子洛直接摇身一变成为了圣亚校草榜上第一名的超人气新晋男神——这个消息就像是强劲龙卷风一般，席卷了整个圣亚，甚至席卷了整个南区的每一所学校。

被人偷拍的各种照片传播到了其他学院的每一个论坛，数不清有多少人被这个凭空冒出来的超帅校草惊艳到了，裴子洛顿时吸引了一大批的迷妹们……

就算是白果儿也不得不承认——裴子洛，真的长得相当好看，是超越普通人眼中好看的那种好看。

# 第十章

## 幸运密码的秘密，你敢听吗?

更让她没想到的是，本以为要改变他在大家心目中的形象是一件很困难的事，没想到……居然这样轻而易举地就做到了。

"这个看脸的世界，真的太夸张了……"午休的时候，白果儿由衷地对自家好友感叹着。

韩韩想也没想地回答道："那也要看是什么样的脸啊，裴子洛那种程度，我觉得就算是放在美男无数的娱乐圈也是个顶尖的青春偶像。"

"偶像?"白果儿稍微想象了一下，立马坚定地摇了摇头，"快算了吧，就他那个脾气，进了娱乐圈分分钟被人爆黑料爆出天际。"

韩韩扑哧一声乐了起来，赞同地点头："没错。他这脾气还是换汤不换药，我听说这一上午他已经丝毫不留情面地拒绝了一批递情书的妹子，还气哭了好几个。"

"是吗……"已经有那么多女生跟他表白了吗?之前都没人敢接近他呢。白果儿突然觉得心里有点闷闷的，喝了口奶茶。

"是啊! 不过，奇怪的是——据可靠消息，裴子洛好像一直在背一份朗诵稿子，有人看到那稿子是广播站应试稿。这个家伙是认真的啊?你之前跟我说要让他进广播站，我还以为你在做梦呢……"

"他在背应试稿?"闻言，白果儿惊愕地看着韩韩。

"对啊，是不是很震惊?"黑白分明的杏仁眼忽然若有所思地眯了起来，"说起来，我突然想到了一件事……很久之前，大概是去年?有

一次我看你的广播快要结束了就准备去找你，路过教学楼前长廊的时候看到过裴子洛。就他自己，坐在一个院内外放音响杆旁边的长椅上，什么都没做，看那样子好像在听你的节目？"

听她的节目？去年？那个总是打架又叛逆的不良少年吗？

"怎么可能。"她想也没想地反驳。但不知为什么，脑中不自觉地浮现出最早那几次广播结束后遇到裴子洛，他好像对她的节目有所了解的事……

"果儿，他该不会是因为你的节目被停了，所以才想进入广播站替你把节目做下去吧？"


5


整整一下午，白果儿脑袋里一直不断地想起午休时韩韩说的那番话。不知道为什么，每想起一次，她都会觉得心跳得飞快。

怎么可能？那个混世魔王，之前怎么可能一直在关注她的节目？可是，尽管知道这很不真实，但她心里还是隐隐冒出几分说不清道不明的情绪……

# 第十章

直到放学铃声响起老师宣布下课，她才回过神来。她懊恼地摇了摇脑袋，开始收拾自己的东西。

谁知不过转眼的工夫，她的桌旁围上来很多女生："喂，白果儿。"她闻言抬头，发现这些人不光是她的同学，更多的还有其他班级甚至其他年级的人，一个个表情不善地瞪着她。

"你到底想怎样？追完夏慕辰，又纠缠游希……现在又想搭上裴子洛吗？"扎着马尾的女孩狠狠拍上她的桌子，发出一声巨响。

另一个短发女孩毫不客气地将她桌子上没来得及收回书包里的东西推散了一地。

"不就是抽到了幸运密码么？有什么了不起？这就是你花心的借口吗？"

"把幸运密码交出来，你不就是凭着幸运密码才能接近他们吗？"几个女生不顾其他人的阻拦，情绪失控地冲她喊着，并且推翻了她的书桌，书桌砸在地上发出很大的响声。

白果儿的手紧紧攥着手机，看着眼前那几张狰狞又熟悉的脸，不知为何，她心里突然涌起了一股巨大无比的愤怒。

"幸运密码？就因为这么一个东西，所以这么长时间以来，我就要被你们这样攻击吗？"她猛地站了起来，环视着周围，"不就是幸运密码吗？从一开始，我就不稀罕，你们以为它是什么了不起的法宝，有

它就能自动引来什么真命天子？可笑！这世上没有任何东西，是不用付出努力就能得到的，你们如果想接近谁，就去努力地了解对方，拉近距离。好，你们想要幸运密码我今天就让你们都知道知道，这究竟是什么东西。"

一语落毕，虽然她已经红了眼眶，声音也有些颤抖，但却丝毫没有懦弱妥协的意思。

白果儿将手机解锁，点开播放器，将声音调到最大。

几秒后，那令她无数次感到惊艳的声音缓缓回荡在整个教室中，回荡在这些人的耳中。

短短几分钟的时间，这个简短的音频已经播放完了，白果儿愤怒地放下手机："听到了吗？这就是所谓的幸运密码，只是一段音频，任务是找到音频的主人，才能得到真正的答案。你们觉得我靠这么一段音频，能做什么？"

一时间，相对无言，围在最内层的那几个女孩面面相觑："你胡扯什么？快把真正的幸运密码交出来，而且也不准再去勾搭裴子洛！"

"勾搭裴子洛？"忽然，一个低沉而冷酷的男声响起，听得所有人都忍不住打了个寒噤。

所有人纷纷转身看去，不远处，那个气场强大的少年冷笑着走了进来，那双好看的桃花眼里写满了危险。

# 第十章

## 幸运密码的秘密，你敢听吗？

围观的女生们顿时没有一个人敢再直视他一眼，纷纷低下头往旁边后退着，让出一条道来。此刻，她们才重新想起来——这个俊美帅气的、令人着迷的少年，是那个让所有人不敢招惹的混世魔王……

"你们搞错了，她没有勾搭裴子洛。"他一步一步走到人群中间，就像是在说与他不相关的人一般。然后俯身蹲下，捡着那些散落了一地的东西，"都给我听清楚了，一直以来，都是我在接近她，而且，我已经注意她很久了，大概有两年那么久。在我最失魂落魄的时候，是这个女孩用心讲述的广播故事陪伴我度过的……人和人之间的牵绊，不是靠抽奖得到的。"

说话间，他捡起了所有东西，放回她的书包里，又将书包背在自己背上。

将她的书桌重新扶起来，摆好。

那双充满威胁感的桃花眼不紧不慢地环视了一圈，突地，露出一道冷笑："皮相的改变，不能改变一个人真正的性情，你们以为我裴子洛一夕之间就会变成乖孩子？从今以后，如果有人再敢招惹白果儿或者说她半句闲话……我不介意再让这个人感受一下什么是恐惧。"他缓缓抬手，做了个抹脖子的动作。

白果儿呆呆地看着这个人，从他出现到现在。她咬着下唇，一点声音都发不出来。

　　她怎么刚刚才发现？这个家伙，好像在她所有无助的时候都出现过，默默地保护着她……

　　"发什么呆？走了。"那只温热的大手再次抓住她的手腕，拉着她一步一步走出教室。

　　刚刚走出教室，他突然想起了什么，低下头来看着她通红的眼睛，酒窝浮现，唇红齿白。

　　"对了，胖兔子，我刚才无意间听到了你放的音频才想起来，一直忘了告诉你，那个店里有一个成员，是我表弟。还有——"

　　他灿烂一笑："不好意思，那个音频是我念的，你这笨蛋竟然一直没发现。"